小学館文庫

入江泰吉 万葉花さんぽ

写真／入江泰吉　文／中西 進

小学館文庫

目次

■万葉集の花の名が現在と異なるもの、また、
該当する植物といわれるものの現在名を（　）内に示した。
■カラー写真の撮影年は、1970〜90年である。
モノクローム写真の撮影年は、それぞれの写真キャプションに付した。
■撮影地の「春日大社神苑」は現在の呼称であり、撮影時は「萬葉植物園」であった。
■中西進のエッセイの出典は、巻末に記した。

はじめに

『万葉集』の歌はすばらしい。

しかし、そのすばらしさを理解するためには、一つのキーが必要である。

たとえば、こんな一首がある。

夏の野の　繁みに咲ける　姫百合の　知らえぬ恋は　苦しきものそ
大伴坂上郎女《おおとものさかのうえのいらつめ》　巻八―一五〇〇

姫百合は鬼百合とちがって、花がほんの三センチほどに小さい。しかも背も、それほど高くない。そこでまわりに丈高い雑草が生《お》いしげると、もうっそうと蔽《おお》われてしまって、なかなか目につかない。

それが初句から歌い出され「姫百合の知らえぬ」というまでの内容である。

そこでみんな、雑草の底の姫百合がわかりにくい、という歌だと思ってしまう。

ところがこの一首は、一転して「知らえぬ恋は苦しきものよ」といいだす。人知れず胸に抱いたままの恋は、相手にわかってもらえず、不本意なことだ、というのである。読者は姫百合の歌だと思っているのに、いつの間にか恋の歌に変身していることに、とまどう。

しかし、とまどうまえに「知らえぬ」のところで変換のキーを押すことを覚えておけば、すべて問題ない。いままでは植物、ここからは人間の心と変換するのが、実は『万葉集』の歌の基本の構造なのである。上と下は「知らえぬ」を折返し点として、ぴったりと重なる。

するとどうだろう。じっと人に秘めた恋心は、草むらの底に目立たず、しかし赤く輝きながら咲く姫百合の姿とも、心根とも、同じだという主張が読者の胸にひびいてくる。ことに姫百合である。恋は若い女性の恋だと、すぐわかる。

万葉びとたちは、こうして心の様子を、何かと自然の植物、さらには山や川の様子、また季節の風や月に託して表現した。ことばをかえれば、万葉びとは自然のありさまと人間の心とを、区別しなかったのである。

現代人は自然と人間を別々のものと見るから『万葉集』がわかりにくいが、変換のキーに気づいて読めば、彼らの生き方のすばらしさが豊かに展開してくる。

いや、この自然と人間との一体感は、現代人でも体のどこかに無意識に秘めているはずのものだ。それをよみがえらせることが、万葉を読むよろこびであるにちがいない。

陽春飛鳥古京

『万葉集』の四つの区分

『万葉集』の和歌が作られたのは、大化《たいか》の改新とよばれる政変があった大化元年(六四五)から、奈良時代の中ごろ、天平宝字《てんぴょうほうじ》三年(七五九)までの一一五年間である。ほぼ一二〇年間になる。そのうえ都合がいいことに、全体をおよそ三〇年ずつの四つの時期に分けることができる。

第一期　飛鳥万葉　六四五年から
第二期　白鳳万葉　六七二年から
第三期　平城万葉　七〇三年から
第四期　天平万葉　七二九年から

それぞれの時期は、大化の改新、壬申《じんしん》の乱、持統《じとう》天皇崩御《ほうぎょ》の翌年、そして天平元年からという考えによっている。

大化の改新は、天皇家が蘇我蝦夷《そがのえみし》・入鹿《いるか》父子をうって、単独で政権を樹立するという画期的な事件にはじまり、大きく制度の変更を行ったものである。そのことで日本の国家体制があらたまり、和歌も抒情詩として新生してくる。

つぎの壬申の乱とは、近江朝をたおして天武《てんむ》天皇が即位した事件だが、そのことをもって柿本人麻呂《かきのもとのひとまろ》という日本を代表する大歌人も誕生した。

つぎは持統天皇の崩御(大宝《たいほう》二年、七〇二)が区切りとなる。持統天皇は夫の天武天皇の遺業の完成に力を尽くしたから、持統朝には、天武政治が完成した。持統天皇の崩御にさきだって文武《もんむ》天皇という天武・持統の孫にあたる天皇は即位していた(六九七)が、祖母の上皇の死をもって、いよいよ本格的な文武体制が出発した。

都が平城へうつったのも元明《げんめい》天皇の和銅三年(七一〇)であり、『古事記』(同五年、七一二)も『日本書紀』(元正《げんしょう》天皇の養老四年、七二〇)も、この万葉第三期に成立した。

そして最後が天平年間である。天平という年号は天平感宝《かんぽう》、天平勝宝《しょうほう》、天平宝字、天平神護《じんご》と名をかえて七六七年まで四〇年ちかくもつづく。いわゆる天平文化という、古代日本の文化の最盛期である。万葉はこの盛時を最後の時期とする。

ただ作歌時期がわかる歌の最後は天平宝字三年(七五九)で、天平の最後の八年間を欠いているが、それでも三〇年間(七二九～七五九)にわたり、天平万葉と称すべき一時期が、大伴家持《おおとものやかもち》を中心として、形づくられた。

もっとも、いつ作られたかわからない歌が万葉には多く、これらの中には家持以後と思われる歌も少なくない。

さて、万葉の歌が以上のように時代的な区分をもつとすると、万葉の歌は密接に時代とかかわっているというべきだろう。三〇年というほぼ人間の世代に相当する時期をもって、事件を転換期としながら作風が変化するのは、万葉の歌が時代と無関係な個人の芸術的感興や、気どりのなかで歌われたのではないことを、ものがたっている。

歌人がそれほど時代に左右されたことは、時代そのものもまた、平穏な時代ではなかったことを示しているだろう。英国の詩人・ブラウニングが「世はすべて事もなし」といったようなわけにはいかなかった。やはり万葉の時代は古代国家の黎明《れいめい》期《き》であったから、それなりの試行と錯誤をくりかえしながら進んでいった時代だったといってよい。

葛城山麓

萌え出づる春

山吹の
咲きたる野辺の
つぼすみれ
この春の雨に
盛りなりけり

高田女王《おほきみ》　巻八―一四四四

すみれ　飛鳥

春の訪れ

万葉びとが自然に親しみ、季節の移り変わりと一体となってくらしていたことは、誰でもがよく知っている。だから植物をよんだ万葉の名歌を思い出すとしたら、これまたきわめて容易なことも、いうまでもないだろう。

志貴皇子《しきのみこ》の懽《よろこび》の御歌《みうた》一首
石《いは》ばしる　垂水《たるみ》の上の　さ蕨《わらび》の　萌《も》え出づる春に　なりにけるかも
巻八―一四一八

まずは早春、花ではないがいち早く蕨の萌え出した姿に目をとめたのが万葉びとだった。「石ばしる」は激流が岩にぶつかってほとばしることをいう。そうした清《せい》冽《れつ》な水しぶきをあげているのが、蕨のほとりの「垂水」、滝であった。作者はここに春の到来を発見する。作者は天智《てんじ》天皇の皇子で光仁《こうにん》天皇の父。

この歌は「懽の御歌」と題がついているから、季節の到来をよろこんでいるだけではなく、広く懽びの気持をあらわすものとして、宮中の儀式で歌われたものではないかと思う。たとえば新年をよろこびあう儀式で、これからの一年間への祝福を

こめて歌う、といったように。だからわれわれはこの一首を何にでもよろこびの気持をあらわす歌として口ずさむことができる。入学でも誕生でも。

実は、蕨は偶然目にふれたから歌われたのではなかった。そもそも「さ」ということばは神聖なものにつけるものだが、ここで「さ蕨」といわれているのはなぜか。蕨はしばしば、生命の伸長を示すものと見られていたからである。たとえば九州の装飾古墳とよばれる古墳の壁画に「蕨手文《わらびてもん》」という模様がある。蕨の芽がくるくると巻いたように描かれている。だが、これは生命が無限につづくことを願った祈りの文様である。ちょうどペルシャから伝えられた唐草模様とひとしい。作者はこのさ蕨を発見して歌った。だからこの一首は、懽びと同時に、いまきざした生命が永遠であることを願った、祈りの歌でもあったのである。

志貴皇子が没してから三五年後、天平勝宝二年(七五〇)に大伴家持《おおとものやかもち》は次のような歌をよんだ。

天平勝宝二年三月一日の暮《ゆふへ》に、春の苑《その》の桃李《ももすもも》の花を眺《なが》め囑めて作れる歌二首

春の苑《その》　紅《くれなゐ》にほふ　桃の花　下照《したで》る道に　出で立つ少女《をとめ》

巻十九―四一三九

もう一首の李《すもも》をよんだ歌は省略しよう。右の一首もたいそう有名な歌だが、万葉末期の大歌人、大伴家持はいま越中《えっちゅう》(富山県)にいる。この北国にも遅い春がめぐってきて、家持の家の庭にも桃の花がほころんだことであろう。陰暦三月一日はいまの暦でいえば、四月二日ごろになる。しかし、実はこの歌は写実の歌ではないらしい。そもそもが「春苑桃李花」という題を漢詩まがいに設定してつくったもので、家持が夕暮の景を眺めているのはたしかだとしても、目前には誰もいない。ただ桃の花が夕暮の中に咲いているだけだったと思われる。

誰もいないのに桃の花の下に若い女があらわれたと歌うのは、いわゆる「樹下美人画」なるものがあったからである。これまたペルシャ起源の、中国をとおって日本にやってきた図柄で、現に正倉院には同じ図柄のものが残されている。その点この歌はたいそうハイカラで異国趣味のものだったが、もう一つ桃が若い女性を象徴するのも、中国の古い習慣だった。桃の花が輝いているような女の子が、嫁いでよい妻となる、という詩が中国にある。のみならず、花が輝くように咲いて南国の女を思うという中国の古い詩もあり、何から何までエキゾチックな一首なのである。

桃の花はそれほどに海の彼方のイメージをもつ。紅色自体が「呉《くれ》の藍《あい》」という中国ふうな染色だから、豪華で新鮮な風景の一首となった。

馬酔木の大和

堀辰雄のエッセイ『大和路・信濃路』の中に、「浄瑠璃寺《じょうるりじ》の春」という麗文がある。氏が夫人をともなって浄瑠璃寺を訪れたときの文章だが、その中に、小さな寺門のかたわらに馬酔木《あしび》を見つける件《くだ》りがある。

「ああ、こんなところに馬酔木が咲いてゐる」——「こんなところ」という個所に、思いがけぬ発見をよろこんでいる姿が見られるし、そのうれしさは、夫人に「得意さうにそれを指さして見せた」という文章にも、あふれている。氏がこれほどよろこんだ理由は、この花が「発見」されるにふさわしく、どこにでも咲いている花ではないことにあろう。そしてもう一つ、この花がいかにも大和に似つかわしい花と感じられたことにもあろう。かつて東京に住んでいた私の、ほんのわずかな経験だが、植木屋に馬酔木を求めたことがあった。しかし数人に聞いたところ「あしび」を知らない者もいた。どうやらこちらでは「あせび」「あせぼ」というのがふつうらしく、一、二、その名を口にする者はいたが、すぐ手に入るふうではなかった。植物学者に聞いたことはないのだが、馬酔木は関東には少ないのかもしれぬ。下町に育った堀辰雄にも馬酔木は珍しかったろうか。最初から「春の奈良へいつて、馬酔木の花ざかりを見ようとおもつて」旅立ったものであった。

のみならず氏は、途中の木曽路では辛夷《こぶし》の花に鮮明な印象を抱いている。雪国の春にまっさきに咲く花として、雪が解けながら、花の雫《しずく》のようにぽたぽたと落ちているだろうと想像しながら。浅春の木曽路の焦点にあるものが辛夷であったし、対して春の大和路を象徴する花が馬酔木であった。

それでは、なぜ馬酔木が大和に似つかわしいのだろう。氏によれば、馬酔木はどこか犯しがたい気品がある、という。それでいて手折《たお》って人に見せたいような、いじらしい風情をもつ。それが花の意味の深かった万葉びとたちに愛された理由だったのではないか、と氏はいう。どうやら氏にとって馬酔木は万葉びとと切り離せないようだし、大和は万葉びとの風土であった。

実は、右にあげた馬酔木の二つの印象は、いずれも万葉の女性、大伯皇女《おおくのひめみこ》と重なる。伊勢の斎宮として青春の日を神に仕えた皇女は、誰の目にも聖処女としての犯しがたい気品を感じさせるし、悲運の生涯をとじた弟、大津皇子《おおつのみこ》の死をいたんで、

磯の上に　生《お》ふる馬酔木《あしび》を　手折《たを》らめど　見すべき君が　ありと言はなくに

巻二―一六六

と歌った。「手折って人に見せたいような」印象とは、この歌から漂い出た、馬酔木の印象だったといえるだろう。氏は大和の馬酔木を見て、万葉の女人像を見ていたらしい。

いや、そういう表現は正しくないだろう。この文章の中で、氏は「第二の自然」ということをいっている。自然を超えようとして人間の意志したものがすべて荒廃に帰し、わずかに残りえたものも自然の一部になる。そうした自然は、もう一つの自然だというのである。馬酔木にしても、大伯皇女以前の馬酔木だけが、馬酔木ではない。一度聖女の感情に塗られたのち、その現《うつ》し身《み》を廃亡の果てに送ったあとの、いわば第二の馬酔木といったものがいまの花であり、堀辰雄はそこに廃墟にも通うような魅力を感じていたのである。大和の馬酔木は、そのように『万葉集』の影を揺曳《ようえい》した馬酔木であり、植物学的に分類されるだけの馬酔木ではない。その点をもって、大和の馬酔木は、ほかのどこの馬酔木をもってしても、代えることができないのである。

私がわが小庭に馬酔木を植えたいと思ったのも、東京の馬酔木に大和を移動させて懐しみたかったからにほかならない。花は花自身でも美しいにちがいないが、心情の重ね合わせによって、より美しいものになる。右にあげた歌は、死んでしまっ

た弟に馬酔木を見せるすべがないといって嘆いた歌だが、周知のごとく大津皇子の墓は二上山《ふたがみやま》の山頂にある。ところが私の見た範囲では、この墓域に樹木は茂りながら、馬酔木の花が見当たらない。私の見誤りかもしれないし、この二、三年詣でたことがないのでちがっているかもしれぬが、何度かたしかめた折りにはなかった。風の強い山上には、育たないのだろうか。

　私がしきりにそのことを残念がると、あるときいっしょに墓を訪れた学生は、ふもとで馬酔木を手折ってきて、墳丘に手向けたことであった。あの志貴皇子の墳墓のように、周囲を馬酔木にかこまれることこそ、大津皇子にふさわしく思われる。花盛りには純白に墳墓は飾られるだろうし、風吹けば花房のふれあう音は塋域《えいいき》にも響き入るであろうのに。学生には、せめての一時の一房の供花《くげ》の思いがあったのだろう。そのときの馬酔木は、もう万葉を措《お》いては存在しない馬酔木であった。

馬酔木を愛したのは、大伯皇女ばかりではない。

　　わが背子《せこ》に　わが恋ふらくは　奥山の　馬酔木《あしび》の花の　今盛りなり

　　　　巻十―一九〇三

この一首は作者名を伝えないもので、それなりに庶民のものと思われるが、驚くほどに旺溢《おういつ》する情感がある。この女が男を恋する心は、奥山にいまを盛りと咲く馬酔木のごとくだ、というのである。しかも「このようだ」などという比喩《ひゆ》の表現をあらわにには用いないで、「恋うることは――いま満開である」と歌い、説明的にしいていえば「花の」の「の」が比喩のはたらきをするというにとどまる。きわめてユニークで放胆な歌といえよう。その放胆さとは、文脈の秩序にあまりこだわらずに、わが恋と馬酔木の満開とを並べたところにある。

こうなると馬酔木は恋心と同じ姿をもち、同義語にさえなってしまうようだが、さて、そのように馬酔木を愛したのは、庶民の女であった。『万葉集』の巻八には「身分がいやしいので名を記さない」とまでいわれている人物の馬酔木の歌があり、この花が広く庶民の中でもてはやされていたことがわかる。

馬酔木の花は小さく白い。大輪で強烈、豪華といった花ではない。その風情を万葉の民衆は愛したのである。万葉におけるこのような花への愛好は、この歌集が基本的にもっている特徴であり、万葉の花々は、おおむね小さくて清楚である。

春されば　まづ咲く宿の　梅の花　独り見つつや　春日《はるひ》暮《く》らさむ

山上憶良《やまのうへのおくら》　巻五―八一八

うめ　法華寺

春の花——梅と桜

春がめぐりきたよろこびを歌った歌は多い。額田王《ぬかだのおおきみ》は、有名な春秋争いの長歌で、春の長所を、

冬ごもり　春さり来《く》れば　鳴かざりし　鳥も来《き》鳴きぬ　咲かざりし　花も咲けれど……

巻一—一六

と歌っているし、また宮廷の新春の賀宴に歌われたらしい雑歌の一首は、

冬ごもり　春さり来れば　朝《あした》には　白露置き　夕《ゆふへ》には　霞たなびく　風の吹く
木末《こぬれ》が下に　鶯《うくひす》鳴くも

作者未詳　巻十三—三二二一

といっている。この「風吹く木末」には春の花が咲きみちていたにちがいない。『万葉集』の中でも、鶯はよく梅の木と組み合わせて歌われるのだから。

梅は、彼らにとって春の最初の花であった。だから山上憶良《やまのうえのおくら》という天平の歌人は、

春されば　まづ咲く宿の　梅の花　独り見つつや　春日《はるひ》暮《くら》さむ

巻五―八一八

と歌う。あるいは雪をかぶりつつ咲く梅の花の歌もある。

そもそも、梅は外来の植物で、万葉の人々には十分に中国的な雰囲気を漂わせたものであった。難波《なにわ》(大阪府)あたり、渡来人が多く住んだ土地には、梅が多く植えられたようだし、外国ふうを最上の風流と心得た貴族たちは、わが庭園にこれを植えて花を楽しんだ。

梅の花　今盛りなり　百鳥《ももどり》の　声の恋《こほ》しき　春来たるらし

田氏肥人《でんしのうまひと》　巻五―八三四

梅は『万葉集』の中で萩についでよまれた数が多い。当時の貴族が梅を愛好した結果である。とりわけて大伴旅人は、天平二年(七三〇)九州の大宰府《だざいふ》において三一人の下僚を集め、「梅花の宴」を催した。これは「落梅」を題とする中国の詩をまねたもので、梅の落花の美しさを中心とした。

うめ　山の辺　衾道(ふすまじ)

梅の花　今盛りなり　百鳥《ももどり》の　声の恋《こほ》しき　春来たるらし

田氏肥人《でんしのうまひと》　巻五―八三四

春の苑《その》　紅《くれなゐ》にほふ　桃の花　下照《したで》る道に　出で立つ少女《をとめ》

大伴家持《おほとものやかもち》　巻十九―四一三九

もも　山の辺　檜原神社付近

しかし咲きほこる梅も美しい。とりわけて、早々と春にさきがけて咲く梅には寒気を凌ぐ凛《りん》とした気品もあり、往々にして雪が枝に降り積もることもあったから、雪との取り合わせも美しかったのである。

梅が雪のほかに鶯と組み合わせられて目にも耳にも春の到来を知ったよろこびを歌う場合もあり、月光の美しさの中で心を開くように咲いたと歌われることもある。いずれも、あのほのかな白さに輝く梅の花が、心をはずませる結果である。

こうしてやってきた春を、もっとも美しく彩るものが、桜であった。

日本人の桜への愛好は千年をさかのぼっても同じである。万葉の中に桜という名前が出てくる歌は四〇首ほどで、梅の歌数に及ばないのだが、これは当時の貴族趣味が梅にかたよっていたからで、日本人全体からいえば、やはり桜が花の代表だったらしい。万葉よりさらに古い時代にできた歌の中にも、美しい女性を桜にたとえて「同じ愛するなら、もっと早く愛すればよかった」という歌がある。

この歌の中には二つのことが歌いこめられているだろう。一つは至上の恋をたとえるほど桜を美しいと思っていたこと、もう一つは桜がすぐ散ってしまうように、はかなく恋が終わってしまうかもしれないという恐れである。

桜ほど美しいものはない。しかし桜ほど散りやすいものはない。いや、この二つは密接に関係する。ちょうど花火が瞬間に消え、そのためにいっそう美しいように、桜も瞬間に美を凝縮するゆえに、美しさが極まるのである。すでに古代から、日本人は、こんな濃縮された美の発見者であった。その様子は、万葉に歌われるところともひとしい。彼らは満開の桜だけを歌わず、意外なほどに落花も歌う。

しかしこれは、何もこの世の無常をあらわすものとして見ているのではない。また、ある時代の桜がそうであったように、武士のいさぎよさの象徴として見ているものでもない。散ることによって、いっそう美しさを引き立てると考えていたのである。桜の歌を、見てみよう。

桜の花の歌一首　并《あわ》せて短歌
嬢子《をとめ》らが　插頭《かざし》のために　遊士《みやびを》が　蘰《かづら》のためと　敷《し》き坐《ま》せる　国のはたてに
咲きにける　桜の花の　にほひはもあなに
若宮年魚麿《わかみやのあゆまろ》伝誦　巻八―一四二九

この長歌も作者不明のまま、人々に好んで愛誦されていたらしい。

まず桜は少女が折ってかんざしにしたり、ダンディな男性が頭に巻きつけて楽しんだという。梅や柳また萩などとひとしく、万葉びとは桜も髪に挿し頭に巻いて、

つぎねふ　山城道《やましろぢ》を　他夫《ひとづま》の　馬より行くに　己夫《おのづま》し　歩《かち》より行けば
見るごとに　哭《ね》のみし泣かゆ……

作者未詳　巻十三―三三一四

つぎね(ひとりしずか)　春日大社神苑

やまざくら　吉野上千本

あしひきの　山桜花　日並《けなら》べて　かく咲きたらば　いと恋ひめやも

山部赤人《やまべのあかひと》　巻八―一四二五

植物の生命力を体にしみこませようとした。それはいつか、飾りにかわっていったが、けっして元来の植物への願いを忘れてはいなかったはずである。

そして、右の歌は後半がすばらしい。「大君が治めていらっしゃる国の果てまで、一面に咲き満ちた桜の、美しい彩りよ」という。

ゆっくりと口ずさんでいると、春うららかな光の中に、見渡すかぎり桜に埋め尽くされている日本の風景が、駘蕩《たいとう》とした春風の中から浮かんでくるではないか。いまも歌われ愛されている古謡「さくら」を思い合わせるのも、私だけではあるまい。

桜が美しいのは、夜もかわりがない。いわゆる夜桜は、すでに万葉に歌われている。

春日《かすが》なる　三笠《みかさ》の山に　月も出《い》でぬかも　佐紀山《さきやま》に　咲ける桜の　花の見ゆべく

作者不詳　巻十―一八八七

三笠山は奈良東方の山である。そして佐紀山は西北の山。三笠山から月が昇ると、その月光の中に佐紀山の夜桜が輝く。そのために三笠山から月が出てほしいと願う一首である。

月明かりの中の桜、何とも豪華な、妖しいまでに美しい桜ではないか。

しかし、すでに述べたように、桜はすぐに散ってゆく。その花びらの浮遊は、雪片に似ている。万葉びとは、落花を惜しみつつ、同時に落花の美しさも愛した。

春雉《きぎし》鳴く　高円《たかまと》の辺《へ》に　桜花　散りて流らふ　見む人もがも

作者未詳　巻十―一八六六

桜の落花は、散るのではない、あれは流れるというべきかもしれない。ひとしきりの風によって一かたまりの花びらが、一方に吹かれ流れてゆくさまを、目にとめた歌である。それは一人で見るのが惜しいほどの美しさだという。

どこまでも桜は美しい。桜こそがよろこばしい春の極致だと万葉びとは考えたにちがいないが、それはまた、今日のわれわれの実感でもあろう。

春日《かすが》なる　三笠の山に　月も出《い》でぬかも　佐紀山《さきやま》に
咲ける桜の　花の見ゆべく

作者未詳　巻十―一八八七

ならのやえざくら　東大寺知足院

しだれざくら　崇神天皇陵付近

桜花　今そ盛りと　人は云へど　われはさぶしも　君としあらねば

大伴《おほともの》池主《いけぬし》　巻十八―四〇七四

穴師より大和三山を望む

斑鳩の春

斑鳩《いかるが》は、飛鳥《あすか》に都があったころ、ここを通って西の竜田《たつた》を越え、河内《かわち》に出る道にあたっていたから、重要な土地であった。とくに七世紀の初頭に大きな力を文化の面に発揮した皇太子、聖徳太子は河内との交通に心をもちい、河内に住む渡来人たちの文化を積極的に大和に導入するために、二上山《ふたがみやま》をめぐる通路の整備にもつとめた。難波《なにわ》に四天王寺《してんのうじ》をたてたのと並行して、ここ斑鳩に法隆寺などを建立したのも、当然のことであろう。

いや、寺をたてただけではない。むしろここを生活の中心とし、ここに思索の場を求め、ここで生涯を閉じた。太子は英邁《えいまい》な皇子であったが、よくも悪くも当時の朝廷に絶大な権力をふるっていた政治家、蘇我馬子《そがのうまこ》と提携したり対抗したりしなければならない運命の中にあった。この、当時の天皇権をめぐる複雑にして微妙な状況において、飛鳥に対する斑鳩の位置、そのほどよい距《へだ》りと近さは、重大な意味をもっていたと思われる。

聖徳太子が深く仏教に親しんだことはよく知られている。その中から人間のさまざまな問題を思索した結果は、例の「十七条の憲法」とよばれる条文のところどころにあらわれている。中に官吏の役務規定のごとき要素もあるが、仏教の思想を根幹とする〈人間宣言〉の様子もある。

この太子の人間へのまなざし、それは万葉の和歌が誕生してくるいきさつをも示している。つまり、七世紀のはじめに太子によって導入された仏教が人間の自覚を人々にあたえ、それにうながされて、個人の抒情詩として万葉の和歌がうまれることになったのである。このことを象徴するように、太子の歌は愛の心にみちている。

家にあらば　妹《いも》が手まかむ　草枕　旅に臥《こや》せる　この旅人《たびと》あはれ

巻三―四一五

太子が河内の竹原井《たけはらのい》(大阪府柏原市高井田)に出かけようとして、竜田山を越える途中で行きだおれになっている死者を見てつくった歌だという。この死者がもし家にいたなら愛妻の手を枕として寝ているだろうのに、こうして草を枕として旅路に死んでいる旅人がかなしい、という歌である。太子にとって、死のかなしみとは愛を欠くことであったということが知られよう。

斑鳩では、法隆寺、法輪寺《ほうりんじ》、法起寺《ほっきじ》と三寺ともどもに塔をもっている。その法輪寺の近くに、万葉によまれた因可《よるか》の池が考えられている。

斑鳩《いかるが》の　因可《よるか》の池の　宜《よろ》しくも　君を言はねば　思ひそわがする
作者未詳　巻十二―三〇二〇

この近くの民衆たちによって歌われていた集団歌謡。ヨルカという地名をヨロシという言葉につづけて、他人が自分の恋人のことをよくいわないから、私は心をいためるという女性の歌である。いかにも初々しい、恋をはじめて知ったころの女心というべきだろうか。人のうわさに一喜一憂する素朴さは、いつの時代にも清純な心がもっている真情である。

そんな人間の心のやさしさを胸にいだきながら、斑鳩を散策するのもこころよい。私の印象では、斑鳩は妙に土の白いところで、だから晴れた日も雨の日も、斑鳩の風景は明るい。ことにまた近ごろ大和には、一時少なくなっていた菜の花が戻ってきて、あちこちに春を彩っている。そんな中で、万葉の春の歌を口ずさみながら斑鳩を歩くのも、万葉のすぐれた味わい方である。春の秀歌をあげておこう。

春の野に　すみれ摘《つ》みにと　来《こ》しわれそ　野をなつかしみ　一夜寝《ひとよね》にける
山部赤人　巻八―一四二四

うらうらに　照れる春日《はるひ》に　雲雀《ひばり》あがり　情悲《こころかな》しも　独りし思へば

大伴家持　巻十九―四二九二

とくに赤人の歌はあまりにも有名である。だからすみれは万葉にたくさん歌われているように思われがちだが、実は四首しか歌われていない。やはりすみれは赤人的な花だといってよいだろう。柿本人麻呂《かきのもとのひとまろ》の花は浜木綿《はまゆう》、大伴家持は桃、そして赤人のそれはすみれだといいたい。家持がいちばん多くよむのはなでしこだが、やはり家持を象徴する花は桃である。

さて、この赤人のすみれはあまりにもなつかしさを放っていたばっかりに、赤人を野宿させてしまったという。赤人は宮廷に出仕して宮廷歌人として名をなしたが、しかし心はいつも「野」にあったのだろう。在野の自由な精神がつねに彼を牽引《けんいん》していて、ある日とうとう、本当に野で一晩を明かしてしまった、ということだ。

すみれは、こうした野の象徴のように、虚飾もなく可憐に咲く。芭蕉の「山路来て何やらゆかしすみれ草《ぐさ》」のように、大げさに訴えることもなく、何やら、しかしたしかに、心をひきつける花である。野に到来した春を告げる花としても万葉に歌われている。

春の野に　すみれ摘《つ》みにと　来《こ》しわれそ　野をなつかしみ　一夜《ひとよ》寝にける

山部赤人　巻八―一四二四

すみれ　吉野川

水と女

山振《やまぶき》の　立ち儀《よそ》ひたる　山清《やまし》水《みづ》　酌《く》みに行かめど　道の知らなく

高市皇子　巻二―一五八

十市皇女《とおちのひめみこ》がなくなったときに高市皇子《たけちのみこ》はこうよんだ。六七八年のことである。

歌の意味はわかりやすい。「山吹の花が美しく飾っている山の泉に、水を汲《く》みに行きたいのに、道がわからない」というものだ。

そこで、なぜ人が死んだときに水を汲みに行きたいなどというのだろう。はたまた、道がわからないといって嘆くとなれば、水汲みはずいぶん重大なこととなる。

そこを考えてみると、どうやらこの泉は生命復活の泉らしい。その水を飲むと死者が生きかえってくると信じられていたのだろう。もし泉に行けるなら、なくなった皇女をよみがえらせることができるのにといって、皇子は嘆いたのである。

ちなみにいえば十市皇女とは、若くして未亡人となった先帝の后《きさき》であり、高市皇子がひそかに思慕をよせていた女性だった。嘆きは大きかったであろう。

さて、死者をよみがえらせる泉は、古代、シュメールに伝わるギルガメシュ伝説の中で遠く西方かなたにあるとみえる。この伝説がはるばる日本までシルクロードをとおって伝わってきたのだと、いまはなき英文学者の土居光知さんが説いた。そうかもしれない。しかし同じ考えがペルシャにも日本にも存在したのかもしれない。

それはともかく、のちに日本人は、大和の泣沢《なきさわ》の泉を、それだと考えた。香具山《かぐやま》のほとり、いまは神社となり、その泉を建物でかこって本殿としている。

祭神は泣沢女《なきさわめ》の神という女神。この女神は妻の死をかなしんで夫の神様がポロポロとこぼした涙からうまれたという。物語は美しい。やはり死をかなしむときにうまれたというのは、生命復活をつかさどる役目としてもふさわしいだろう。そして涙から生命復活の女神がうまれたとは、愛の涙こそ死者をよみがえらせると信じた古代人の、美しくも強い信念を示してくれる。

面白いことに、当の高市皇子がやがてなくなったとき(六九六年)、檜隈女王《ひのくまのおおきみ》がつぎのような一首をよんだ。

泣沢《なきさは》の　神社《もり》に神酒《みわ》すゑ　禱祈《いの》れども　わご大君は　高日知らしぬ

巻二―二〇二

山振《やまぶき》の　立ち儀《よそ》ひたる　山清《やまし》水《みづ》　酌《く》みに行かめど　道の知らなく

高市皇子《たけちのみこ》　巻二―一五八

やまぶき　飛鳥川

やはり『万葉集』に見える。泣沢神社にお酒《みき》をささげて平癒を祈ったのに、そのかいなく高市皇子はなくなってしまった、という歌である。

とりたてて泣沢神社に祈願したのは、もちろんこの泉の女神が、死者を生きかえらせる力をもつと信じられているからである。

生前、自らよみがえりの水を欲した皇子は、死にさいしてよみがえりの水の神に平癒を祈られたことになる。作者檜隈女王とは、皇子の妻であろうか。

しかし、十市皇女も高市皇子も、生きかえりはしなかった。『万葉集』には檜隈女王がこの歌をつくって、泣沢神社を怨んだ、とある。

やはり神話は神話にすぎないのだが、しかし死者をよみがえらせる力を信じようとしたほどに、古代人にとって泉は聖なるものであった。水のふしぎな霊力を、かれらは信じた。――

だから宮殿をつくるときも、まず泉をもとめ、これを中心として設計が行われた。たとえば六九四年につくられた藤原の宮という宮殿がある。四年がかりで大規模につくられたものだが、これも聖なる泉をたたえる歌がつくられ、泉の賛歌がすなわち宮殿の賛歌となったほどである。歌はながいので、終わりのところだけかかげておこう。

……高知《たかし》るや　天《あめ》の御蔭《みかげ》　天知るや　日の御蔭の　水こそば　常《とこしへ》にあらめ　御《み》井《ゐ》の清水《しみづ》

巻一―五二

「高々と支配なさるよ、この大殿。天高く支配なさる日の大宮よ。その水こそは永久であるだろう。御井の清水よ」という歌いおさめである。天子の栄光とともに永遠である聖水をたたえる賛歌が、あたらしい都の賛美となる。それほどに水が大切だったのである。

それほど大切な水だから、聖水の管理は聖なる者によって行われた。聖水は聖処女によって管理されるのがふつうであった。

だから右の歌は、こう歌いおさめられたのち、つぎのような短歌に歌いつがれる。

藤原の　大宮仕《つか》へ　生《あ》れつぐや　処女《をとめ》がともは　羨《とも》しきろかも

巻一―五三

「藤原の大宮に仕えるべくうまれつづく処女たちは、羨《うらや》ましいことだ」。こうしてみると、聖水の管理者は世襲だったかもしれない。代々その家にうまれる処女によ

芝付《しばつき》の　御《み》宇《う》良《ら》崎《さき》なる　ねつこ草　あひ見ずあらば　吾《あれ》恋ひめやも

東歌　巻十四―三五〇八

ねつこぐさ(おきなぐさ)　春日大社神苑

って管理されたろうか。結婚までのあいだ、清純な処女だけにゆるされた役目としての聖水の管理。

しかもそれを作者は羨望《せんぼう》をもって見ている。選ばれた、はれやかな役目だったのである。

この役目とは、具体的にいうと水を汲むことだったらしい。『万葉集』にはこんな歌がある。

鈴が音《ね》の　早馬《はゆま》駅家《うまや》の　つつみ井の　水をたまへな　妹が直手《ただて》よ

東歌　巻十四―三四三九

当時朝廷の用事のために、各駅に鈴をつけた馬が準備されていた。その馬がいる駅に「つつみ井」があった。まわりを大切に包まれていた泉が「つつみ井」だったろう。

そしてこれを管理する女性がいた。聖処女である。そこで駅を通過してゆく旅人の願望は、聖処女が自らの手で汲んだ水をあたえてくれることにあった。

ありえないことである。ありえないから願望は大きくなる。聖処女が「つつみ井」の水を汲んであたえるのは、天子の命をおびた公の使者だけだったのである。藤原の宮においても、御井に仕える聖処女は天子に奉仕するべく水を汲んだはずである。もちろん御井や「つつみ井」のように特別なものでなければ、誰が水を汲んでもよかったろう。

しかし、仕事としての水汲みは女のものとかぎられていた。

物部《もののふ》の　八十少女《やそをとめ》らが　汲《く》みまがふ　寺井の上の　堅香子《かたかご》の花

大伴家持　巻十九—四一四三

これはそのうちの一つ。何人もの少女がやってきては水を汲んでゆく風景である。寺井というからには、寺の中に泉が湧いていたのであろう。

しかもこの場合は堅香子(かたくり)の花が泉のほとりにあって、可憐な首を風に揺らせていたらしい。美しい、若い女性がいりみだれる華やぎにいかにもふさわしい風景である。

いや、泉に女性が風景としてだけ、似合うのではない。水の生産力に女を想定したのでもない。さらには水汲みの仕事が女性の分担だったからだというのでもない。古代人の信念からいうと水の神は女性であった。それはアフロディテが泡からうまれるのと同じ情念であろう。泣沢女の神も涙という水からうまれた。

かたかご(かたくり)　葛城山

水はとりわけ女的であった。ともに霊異なるものであったろうが、のちのちの古代人にとっての水とは、怒濤や濁流を意味していなかった。流麗に流れるせせらぎや、こんこんと湧いてやまない泉や、透明に輝いている湖などが、まずもって水だったのであろう。

水の美しさは、自在に形をかえるしなやかさにある。そんな美しさにだけ注目して、おそるべき水害など水の本質ではないと、古代人は考えたにちがいない。

透明でしなやかな水が女性と通い合うのである。この属性を、神秘なものと観ずることもできるではないか。

春の日に
張れる柳を
取り持ちて
見れば都の
大路《おほぢ》思ほゆ

大伴家持
巻十九―四一四二

しだれやなぎ　興福寺猿沢池

夏

野ゆく

霍公鳥《ほととぎす》
来《き》鳴き響《とよ》もす
卯《う》の花《はな》の
共にや来《こ》しと
問はましものを

石上堅魚《いそのかみのかつを》　巻八―一四七二

うのはな(うつぎ)　春日奥山

飛鳥八釣(やつり)の里

夏の花

夏まけて　咲きたる唐棣《はねず》　ひさかたの　雨うち降れば　うつろひなむか

巻八―一四八五

大伴家持《おおとものやかもち》の作である。はねず（にわうめ）は外来種のものだから、大伴氏の邸宅にも好んで植えられたものであろうか。家持はこの花の開花を心待ちにしていたらしい。「夏まけて」（夏を待ちうけて）咲いたのははねずにちがいないが、もとより作者の主観である。そしてせっかく咲いたものが雨によって散ってしまうのに心いためる点にも、夏の到来とともにはねずの開花を待ちうける心が見えている。

はねずは朱色の華やかな花だが、同様家持が夏の到来とともに待ち望んだ橘《たちばな》は、清楚に白い花である。『万葉集』の中には「あべたちばな」とよばれるものも登場し、これは「美味《うま》しもの」といわれている（巻十一―二七五〇）から実を主としたもので、街路樹にも植えられた。実のなる植物が浮浪者の飢《うえ》を救うからである。これは現在のくねんぼにあてる説が有力である。

一方、「花橘《はなたちばな》」という言葉も頻出し、これは観賞用の花を主としたものであろう。そしてこれも現在の橘か否か論議のあるところで、われわれのいうみかんだとする説もある。どうも私には、橘はこれら橙橘《とうきつ》類の総称のように思われ、在来のものも当時の外来種のものも称したのではないかと思う。外来といったのは、長寿の霊物としての「時じくの香《かぐ》の果《このみ》」を田道間守《たじまもり》という男がもち帰ったという伝説があるからで、万葉の歌人たちも、渡来種の珍しいものとしてこの植物をよろこんだ形跡があるからである。梅が天平の人々に賞されたのと同じ事情である。梅が鶯《うぐいす》とともに歌われたことと同じく、橘はほととぎすとともによまれた。

橘《たちばな》の　花散る里の　霍公鳥《ほととぎす》　片恋しつつ　鳴く日しそ多き

巻八―一四七三

大伴旅人《おおとものたびと》の一首である。彼らにとっての夏は、橘にほととぎすの鳴く季節であった。右の歌は旅人の妻の死にまつわる歌だが、そのとき、友の一人石上堅魚《いそのかみのかつお》は、

霍公鳥《ほととぎす》　来《き》鳴き響《とよ》もす　卯《う》の花《はな》の　共にや来《こ》しと　問はましものを

巻八―一四七二

はねず(にわうめ)　大野寺

夏まけて　咲きたる唐棣《はねず》　ひさかたの　雨うち降れば　うつろひなむか

大伴家持《おほとものやかもち》　巻八―一四八五

橘《たちばな》の　花散る里の　霍公鳥《ほととぎす》　片恋しつつ　鳴く日しそ多き

大伴旅人《おほとものたびと》　巻八―一四七三

たちばな　春日大社神苑

妹《いも》が見し　楝《あふち》の花は　散りぬべし　わが泣く涙　いまだ干《ひ》なくに

山上憶良《やまのうへのおくら》　巻五―七九八

あふち(せんだん)　東大寺

と歌いかけている。死んだ妻の比喩《ひゆ》がほととぎすで、ほととぎすに卯の花(うつぎ)の開花とともに訪れたのかときたいが、いまはそのすべもない、という一首である。先の旅人の歌は、わが身をほととぎすに擬して、橘の落花を惜しんでほととぎすが鳴くという一首である。卯の花も素朴だが美しい。

同じとき、山上憶良《やまのうえのおくら》は、

妹《いも》が見し　楝《あふち》の花は　散りぬべし　わが泣く涙　いまだ干《ひ》なくに

巻五―七九八

と歌う。死者の見た楝《おうち》(せんだん)の落花を惜しんだものだが、楝は高い梢をレース模様のようにおおって咲く姿が気品高く思われる。憶良は死せる女性に高貴さを感じていたのであろう。

以上の歌は九州大宰府《だざいふ》でよまれたものだが、その他の一首に、

藤波《ふぢなみ》の　花は盛りに　なりにけり　平城《なら》の京《みやこ》を　思ほすや君

大伴四綱《おほとものよつな》　巻三―三三〇

がある。

大宰府の官人たちはみな都から赴任してきた人々だから、望郷の念が強い。そこで藤の花が咲けば都を思うかという問が生ずるわけだが、そのためには藤が都ふうの優雅さをもっていなければならない。ことに春日野《かすがの》の藤が都人の目をひいていたから、このときの作者の脳裏にも、波うって咲く春日の藤があったことだろう。

藤もまた、ほととぎすとともによまれるが(巻十―一九四四)、菖蒲草《あやめぐさ》(しょうぶ・サトイモ科)も同様である。

霍公鳥《ほととぎす》　今来《いまき》鳴《な》き始《そ》む　菖蒲《あやめぐさ》　蘰《かづら》くまでに　離《か》るる日あらめや

巻十九―四一七五

大伴家持の宴席歌。菖蒲草を丸く輪にして頭上におく蘰は、元来草木の生命を感染させる呪術であったが、このころにはすでに風流のしぐさになっている。この風流にとって、ほととぎすは不可欠であった。いま、来鳴きはじめてから、その風流の日をおえるまで、きっと鳴きつづけるだろうという一首である。菖蒲《しょうぶ》に似た花として『万葉集』に登場するアヤメ科の杜若《かきつばた》、花かつみ(のはなしょうぶ。まこも〈イネ科〉とする説もある)があってややこしい。この花かつみは恋歌(巻四―六七五)に一度顔を見せるだけだが、杜若は五月の象徴とも考えられていた。

杜若《かきつばた》　衣《きぬ》に摺《す》りつけ　大夫《ますらを》の　着襲《きそ》ひ狩《かり》する　月は来にけり

大伴家持　巻十七―三九二一

この家持の一首は陰暦四月はじめの歌だから、「月が来た」という月は、夏の月という意味で、初夏の到来を歌ったものだろう。そこでこの狩は五月五日の薬狩《くすりがり》をさす。古来衣服を美しく飾って野に出、薬草や薬用に鹿の角袋をとる行事である。時に二十歳台半ばの家持は、杜若の紫色の衣に身を包んで山野を駆けるわが身を空想したのだった。

紫の色が高貴の感を抱かせるのは、いまばかりではない。いや古代のほうがいっそう強かったといえるほどだが、その色の花をもって、寿歌《ほぎうた》を歌った一人に、時の左大臣橘《たちばなの》　諸兄《もろえ》がいる。

紫陽花《あぢさゐ》の　八重咲く如く　やつ代《よ》にを　いませわが背子《せこ》　見つつ思《しの》はむ

巻二十―四四四八

もとより紫陽花《あじさい》は紫にかぎられるわけではない。七変化といわれるさまざまな彩りがあり、右もそれをもとにした歌だが、色を変化させつつ紫藍《しらん》に至る大輪の花の

杜若《かきつはた》　衣《きぬ》に摺《す》りつけ　大夫《ますらを》の　着《き》襲《そ》ひ狩《かり》する　月は来にけり

大伴家持　巻十七―三九二一

かきつばた　唐招提寺

美しさが「わが背子」への賛美になっている。「わが背子」とよびかけられているのは、当日の宴席の主人公丹比国人《たじひのくにひと》である。

同じく大輪に八重咲く花が蓮《はちす》（はす）であろう。新田部皇子《にいたべのみこ》（天武《てんむ》天皇の皇子）は勝《かつ》間《ま》田《た》の池にこの花の灼々《しゃくしゃく》たるを見て感にたえなかったという。そして蓮《れん》に恋《れん》をかけて婦人に戯れたものだから、勝間田の池には蓮などありませんよと逆襲されている。蓮は大変古くからわが国にあったことが知られているが、『万葉集』で見るかぎり、こうした華麗さを遊興の中でもてはやした趣がある。葉にたまる露を、

ひさかたの　雨も降らぬか　蓮葉《はちすば》に　渟《たま》れる水の　玉に似たる見む

作者未詳　巻十六―三八三七

と見るのも、その一半である。

蓮に戯れた恋といえば、ねぶ（ねむ）の花もそうである。紀女郎《きのいらつめ》は人妻で、若い家持と戯れの恋歌を贈答する。彼女は家持にねぶの枝を贈って、こう歌う。

昼は咲き　夜は恋ひ寝《ぬ》る　合歓木《ねぶ》の花　君のみ見めや　戯奴《わけ》さへに見よ

巻八―一四六一

主君である私(といっても家持と主従関係にあるのではないが)だけがねぶを見るいわれはない。お前さんも見なさい、という一首で、「わけ」は「お若いの」程度の意味である。なぜねぶを贈りお前も見よといったかというと、上の句にあるとおり、ねぶが夜は花をとじて寝るからで、そのさまを恋に乱れつつ寝る姿と観じたからである。お前も恋に苦しめというのである。そういわれてみると咲くにしろ花をとじるにしろ、ねぶの花は妙にエロスが感じられる。中国で「合歓」というのもかなり露骨な表現で、あの糸状の真赤な花は熱帯の極彩色の鳥も連想させて、なまなましい。紀女郎も漢語を十分知っていて、若い家持をからかったのであろう。

同じく夜をねむる花に、かおばな(昼顔とする説にしたがう)があるが、このほうはよほど素朴である。

うち日さつ　宮の瀬川の　貌花《かほばな》の　恋ひてか寝《ぬ》らむ　昨夜《きそ》も今夜《こよひ》も
巻十四―三五〇五

東歌の一首で、宮の瀬川(所在不明)のほとりにかおばなが多く生《は》えていた。それをもとにして、恋する相手も同じように恋いつつ寝ているだろうかという歌である。ねぶと同じように恋心を抱いた寝方でも、こちらはいじらしく感じられ、爛熟《らんじゅく》の気

あじさい　春日大社神苑

紫陽花《あぢさゐ》の　八重咲く如く　やつ代《よ》にを　いませわが背子《せこ》　見つつ思《しの》はむ

橘諸兄《たちばなのもろえ》　巻二十―四四四八

瓜《うり》食《は》めば　子ども思はゆ　栗食めば　まして思《しの》はゆ　何処《いづく》より
来《きた》りしものそ　眼交《まなかひ》に　もとな懸《かか》りて　安眠《やすい》し寝《な》さぬ

山上憶良　巻五―八〇二

くり　室生

味はない。この歌にも笑いをもたせて理解することが、できないわけではないが、それにしたって猥雑《わいざつ》一方というのではない。一途《いちず》さがより強く感じられよう。それはかおばなが野の雑草で、民衆に親しまれた花だからである。

実は、万葉の夏の花は、強烈な夏の太陽や鬱然《うつぜん》と生《お》い茂る夏草の中において、はじめて生きいきと実感をうるものが多い。

道の辺《へ》の　草深百合《くさふかゆり》の　花咲《ゑみ》に　咲《ゑ》まひしからに　妻といふべしや

古歌集　巻七―一二五七

というのは路傍の雑草の底深く咲く百合(いまのやまゆり・ささゆりなど)を歌うもの。

夏の野の　繁みに咲ける　姫百合の　知らえぬ恋は　苦しきものぞ

巻八―一五〇〇

も人知れぬ恋のさまを繁みの中の姫百合にたとえた坂上郎女《さかのうえのいらつめ》の歌である。百合は見方によっては毒々しいともとれる花だが、万葉びとはむしろ逆で、丈が低く花が小ぶりの姫百合の、人知れず咲くひそやかな姿に心ひかれた。

この彼ら特有のやさしさは、しかし、弱々しいやさしさではない。ささやかなも

昼は咲き　夜は恋ひ寝《ぬ》る　合歓木《ねぶ》の花　君のみ見めや　戯奴《わけ》さへに見よ

紀女郎《きのいらつめ》　巻八―一四六一

ねぶ(ねむのき)　東大寺

高円《たかまと》の　野辺《のへ》の容花《かほばな》　面影に　見えつつ妹《いも》は　忘れかねつも

大伴家持　巻八—一六三〇

かほばな(ひるがお)　田原

のにも、必ず心とめる生命的なやさしさなのである。

朝露に　咲きすさびたる　鴨頭草《つきくさ》の　日くたつなへに　消《け》ぬべく思ほゆ

作者未詳　巻十―二二八一

つきくさ（つゆくさ）は先の昼顔よりさらにはかなく、朝露の中でこそみずみずしいが、もう夕刻を迎えると凋《しぼ》んでいこうとする。それでいてこの花を一途にはかないものだと無常感に流してしまうかというと、そうではないことが、「咲きすさびたる」でわかる。朝露の中ではむしろ嬉々と咲きたわむれて生命感にあふれていると見るのである。そして日暮れになると寂寥《せきりょう》に包まれる。そこに恋心の全過程がふくまれていて、つきくさを比喩とする一首が成りたつ。

これら野の草の中で、それこそ忘れがたいのは、忘れ草（やぶかんぞう）であろうか。これを忘れ草というのは中国の『詩経』に憂愁を忘れる草だとあることに由来するといわれるが、忘れ草という名は、そんな知識的な媒介によってついたものなのだろうか。二枚貝の片われを忘れ貝といい、遺児を忘れ形見というように、この草も野の中に残されたように花をつけている姿から、いつしか忘れ草とよばれるようになったのではあるまいか。百合に似てもっと泥くさい花がいっそうなつかしい

夏の野の　繁みに咲ける　姫百合の　知らえぬ恋は　苦しきものそ

大伴坂上郎女《おほとものさかのうへのいらつめ》　巻八—一五〇〇

ひめゆり　春日大社神苑

道の辺《へ》の　草深百合《くさふかゆり》の　花咲《ゑみ》に　咲《ゑ》まひしからに　妻といふべしや

古歌集　巻七―一二五七

ささゆり　三輪山麓

が、さてそれが愁いを忘れる草だということになると、なおのこと心がひかれる。

わすれ草《くさ》　わが紐《ひも》に付く　香具山《かぐやま》の　故《ふ》りにし里を　忘れむがため

巻三―三三四

この作者大伴旅人は、誰にもまして故郷飛鳥に思慕の強かった人である。その彼が香具山のある故郷を忘れようというのは、それほどに望郷の念が強く苦しかったからである。旅人は忘れ草を紐につけて愁いを逃れようとした。もとよりすぐに快活になった、ということもあるまい。それなりに寂しさは加わるが、ある面からいえばそれは野に忘れられた忘れ草と心をともにすることでもあろう。ことにこの一種である夕菅《ゆうすげ》の淡いたたずまいを思うと、その感は強い。それも貴族たる旅人らの感傷かもしれない。一般の民衆たちはもっと逞しく生活の中に花々を見た。

道の辺《へ》の　茨《うまら》の末《うれ》に　這《は》ほ豆の　からまる君を　別《はか》れか行かむ

丈部鳥《はせつかべのとり》　巻二十―四三五二

君がため　浮沼《うきぬ》の池の　菱《ひし》つむと　わが染《そ》めし袖　濡れにけるかも

柿本人麻呂歌集　巻七―一二四九

朝露に　咲きすさびたる　鴨頭草《つきくさ》の　日《ひ》くたつなへに　消《け》ぬべく思ほゆ

作者未詳　巻十―二二八一

つきくさ(つゆくさ)　円照寺付近

わすれ草《くさ》　わが紐《ひも》に付く　香具山《かぐやま》の　故《ふ》りにし里を　忘れむがため

大伴旅人《おほとものたびと》　巻三―三三四

わすれくさ(やぶかんぞう)　飛鳥川

　第一首は東国の防人《さきもり》の歌で、二首とも一般民衆とよぶべき人々のものである。それなりに植物は花を第一義としない。菱《ひし》は実を食用にするためだし、茨《うまら》（のいばら）に至っては、その先まで豆がからまっていて花をめでるどころではない。歌の主旨もそのからまり具合が、男へのわが心の関与だというのである。彼らの目にこれらの花々（いずれも素朴に白い花だが）が入らなかったはずはない。それでいて、生活の一こまとして愛しつつ、感傷に溺《おぼ》れていかなかったのが彼らだった。

　ちさ（えごのき）の花も、けっして豪華な大輪の花ではない。それでいて白く咲きあふれる姿は確実に生命の軌跡をたどる花の盛りを感じさせる。大伴家持が、

……ちさの花　咲ける盛りに　はしきよし　その妻《つま》の児《こ》と　朝夕《あさよひ》に　笑《ゑ》みみ笑
まずも……
巻十八―四一〇六

と歌ったのも、故なしとしないだろう。

　万葉びとの明るい生命感の中にあって、生いさかる夏の花は、一つの象徴ともいえよう。

君がため　浮沼《うきぬ》の池の　菱《ひし》つむと　わが染めし袖　濡れにけるかも

柿本人麻呂歌集　巻七―一二四九

ひし　東大寺

道の辺《へ》の　茨《うまら》の末《うれ》に　這《は》ほ豆の　からまる君を　別《はか》れか行かむ

丈部鳥《はせつかべのとり》　巻二十―四三五二

うまら(のいばら)　山の辺檜原神社付近

……世の人の　立つる言立《ことだて》　ちさの花　咲ける盛りに　はしきよし
その妻の児《こ》と　朝夕《あさよひ》に　笑《ゑ》みみ笑まずも……

大伴家持　巻十八―四一〇六

ちさ(えごのき)　東大寺

紫草

美女の形容といえば、誰しも思い出すのがむらさき（紫草）であろう。有名な、大《おお》海人皇子《あまのみこ》の、

紫草《むらさき》の　にほへる妹《いも》を　憎くあらば　人妻ゆゑに　われ恋ひめやも

巻一―二一

という歌があって、額田王《ぬかだのおおきみ》が紫草のように美しい女性と表現されているからである。もちろんこの歌は額田王の歌に答えたもので、場所も紫草の栽培された野、額田王の歌にも紫野といわれているから、その場の景や歌詞を用いた表現が上句である。しかし、それだけではない。王は紫にたとえられるにふさわしい女性だった。

むらさきという名は花が群がって咲くからこそ名づけられるのであろうか。その名は味もそっけもないが、にもかかわらず珍重されたのは、根が染色に用いられたからである。しかも染色法は当時朝鮮から伝えられた手法で、先進文化のにおいをもったものであった。紫草は各地に栽培され、朝廷に貢上された。

一方、当時の官位は服色をもって示されたが、紫は最高の服色に当てられていた。

あかねさす　紫野行き　標野《しめの》行き　野《の》守《もり》は見ずや　君が袖振る

額田王《ぬかたのおほきみ》　巻一―二〇

むらさき　春日大社神苑

大海人皇子が「紫のような女性」とよんだ背後にはこうした条件があって、額田王は渡来系の血を引くらしいから、なおのことふさわしい形容だったのである。

天平期の麻田陽春《あさだのやす》という人物も父が百済《くだら》からこの国へやってきた人だが、

韓人《からひと》の　衣染《そ》むとふ　紫の　情《こころ》に染《そ》みて　思ほゆるかも

巻四—五六九

とよんでいる。相手は大伴旅人、いま正三位大納言に昇進し、やがて紫の服を着るはずである。その高貴さをたたえ、昇進の賀をこめながらの歌で、巧みな一首である。紫は女性だけの形容ではなかった。

しかもこの歌は旅人との惜別の歌である。しからば「心にしみて思ほゆる」情は、濃いものでなければならない。

紫の　粉滷《こがた》の海に　潜《かづ》く鳥　玉潜《たまかづ》き出《で》ば　わが玉にせむ

作者未詳　巻十六—三八七〇

という初句は「紫染の濃い、粉潟の海」という意味であり、その鮮やかに深い染色が注目されていたから、陽春が「紫のようにしみる」といったのは、深く濃く心にしみて忘れがたいという気持もこめられていたのである。

それほどに濃い紫染めは、灰汁《あく》を入れてつくられた。この過程に興じた歌もある。

紫は　灰指《さ》すものそ　海石榴市《つばいち》の　八十《やそ》の衢《ちまた》に　逢へる子や誰《たれ》

作者未詳　巻十二―三一〇一

海石榴市(奈良県桜井市)では当時歌垣《うたがき》が行われ、男女が歌をかけあっては求愛した。右はその折りの男の歌で、お前の名は何というのかという問はプロポーズを意味する。女が名を答えると合意が成立する。

そこで初・二句の「紫染は灰をさすものだ」という表現は何をいいたかったのか。ここで文が切れるのだから海石榴市につづくはずはない。また、こう最初にいう効果が期待されなければならない。するとこれは、女性を紫染めにたとえているのだと思われる。あの美しい紫色は灰汁をさすものだ。灰汁がなければ美しくはならないのだ、どうだ俺と結婚しないか、と。

紫にあこがれる女心を巧みについて、いうことをきかせようというのは、男の悪知恵だろうか、女心のすき間だろうか。いずれにせよ、紫の衣に縁のない世界で、紫の価値だけが利用されている格好である。今日の安物ドラマのダイヤモンドのように。

東国の農民たちが紫染めの着物を着ることはなかった。しかし植物は知っていた。だから彼らは、

紫草《むらさき》は　根をかも竟《を》ふる　人の児の　心《うら》がなしけを　寝《ね》を竟へなくに

東歌　巻十四―三五〇〇

としか歌わない。紫草が根まで掘られて利用される、つまり「ね」まで尽くされるのに、あの人妻とは「ね」をおえないというのである。彼らにとっては掘られたあとのことは無関係だった。しかし根を掘る段階までの、自らの関係する世界で、やはり紫を女性との愛の比喩に用いたのだった。ただこの一首の中にも紫のけ高さが人をよせつけない女の美しい姿として歌われている。

剣の池の蓮葉

御佩《みはかし》を　剣《つるぎ》の池の　蓮葉《はちすは》に　渟《たま》れる水の　行方《ゆくへ》無み　わがする時に　逢ふべしと　逢ひたる君を　な寝《いね》そと　母聞《きこ》せども　わが情《こころ》　清隅《きよすみ》の池の　池の底　われは忍《しの》びず　ただに　逢ふまでに

作者未詳　巻十三―三二八九

近鉄の橿原《かしはら》神宮前駅のまっすぐ東に石川池とよばれる大きな池がある。もとはごく小さかったようだが、近代になって灌漑《かんがい》用に拡大されたらしい。記念碑が堤に立っている。そのもとの池が『万葉集』の剣の池である。万葉の土地が今日のどこか、なかなかわからないものも多い中で、これがはっきりしているのは、かたわらに孝《こう》元《げん》天皇の剣池島上陵《しまのえのみささぎ》があるからである。

もっとも、池がつくられたのはあとで、『日本書紀』応神《おうじん》十一年十一月に、

剣の池、軽《かる》の池、鹿垣《かのかき》の池、廐坂《うまやさか》の池を作る

飛鳥剣池夕映え

とあり、既存の周濠を拡大して池がつくられたようにも見える。

いま、剣の池の周辺にはほとんど緑がない。御陵の緑は唯一の救いのように思える。

孝元天皇は、いわゆる欠史八代の中の一人だから正体がよくつかめない。架空の天子だという見方さえできるが、『日本書紀』によると軽境原宮《かるのさかいばらのみや》に都し、いまこの剣の池のほとり——軽と、目と鼻の先のここに葬られているのだから、このあたりに勢力をもった古代帝王の一人だったのであろう。ちなみに軽に都をおいた天皇にはほかに懿徳《いとく》天皇(軽曲峡宮《かるのまがりおのみや》)があり、先の応神天皇(軽島豊明宮《かるしまのとよあきらのみや》)がある。しかし懿徳は畝傍山《うねびやま》のほとり、応神も羽曳野《はびきの》市のほうに墳墓をもつから、純粋な軽の王者は孝元だけである。

さて、剣の池には逸話がある。舒明《じょめい》七年(六三五)七月の書紀に、

瑞蓮《あやしきはす》、剣の池に生ひたり。一つの茎に二つの花あり。

とあり、再度、皇極《こうぎょく》三年(六四四)六月、

戊申《つちのえさるのひ》に、剣の池の蓮の中に、一つの茎に二つの萼《うてな》あるものあり。

と書紀は記す。

『日本書紀』はこのあたりになると、しきりに瑞祥《ずいしょう》や凶兆を記しはじめる。明らかに大事件がおこるであろうことを予測せしめつつ、大化の改新に向かって筆を運んでゆくのだが、剣の池のふしぎな蓮もその一つである。

皇極三年の一茎二花の蓮を、蘇我蝦夷《そがのえみし》は「これ、蘇我の臣の栄えむとする瑞なり」といってよろこんだという。もちろん翌年蘇我一族はことごとく滅《ほろ》ぼされるのだから、蘇我氏の独善ぶりを語ろうとする記事である。

しかし、ここで蓮というのが面白い。古代の文献に出てくる植物は多いのだが、蓮はそう多く登場しない。難波《なにわ》を近くにひかえた日下江《くさかえ》の花蓮が歌われたり（『古事記』）、唐招提寺《とうしょうだいじ》近くの勝間田《かつまた》の池の蓮が語られたり（『万葉集』）——蓮は実は存在しないのだが——という程度だのに、ひきかえて仏教関係の造作物におびただしく見られるのは、周知のとおりである。蓮というと仏教というわれわれの印象は、この時代にも同じだったらしい。ハイカラな、貴族的な花である。蘇我氏の命運にからんで登場するのも、諾《むべ》なるかなといえる。

蘇我馬子《うまこ》はかつて石川精舎に、わが国で最初の仏像をまつったという。石川の自宅に仏像をおき、いま石川の地の剣の池の蓮がふしぎな花を咲かせたのである。まるでわが家の池のような剣の池に、蘇我氏好みの蓮が瑞祥を見せたというのだから、何か筋書きが透けて見えるような気もする。

蝦夷は事をよろこんで、金泥をもって蓮の画をかき、飛鳥寺の丈六仏《じょうろくぶつ》に供えたという。

蝦夷の願いとはうらはらに蘇我氏が滅んだ後も、剣の池には蓮の花が美しく年ごとに花を咲かせつづけたらしい。その蓮にかけて万葉の少女が恋心を歌ったのが冒頭の長歌である。いささか民謡ふうな一首は、蓮の葉に落ちた水滴がころころとはじかれて落ちてゆかないことを、気晴らしのしようもない恋の行方にたとえた。

仏を飾る蓮の花とは正反対に、素朴な恋心を託した蓮だが、それでも「御佩を剣の池」というところに「君」とよぶ男への畏敬の念が見える。その恋人から「逢ふべし」といわれると、一途に慕情がつのる。清らかに澄んだ池が底まで透きとおるように澄明な恋心である。——だのに母は共寝をしてはいけないという。

古代政権をめぐる天皇家や蘇我氏の葛藤をまるで泥沼のようなしがらみだと思うと、その泥中に咲いた蓮のように、この少女心は清らかで美しい。

御佩《みはかし》を　剣《つるぎ》の池の　蓮葉《はちすは》に　渟《たま》れる水の　行方《ゆくへ》無《な》み　わがする時に……

作者未詳　巻十三―三二八九

はちす(はす)　唐招提寺

蓮葉《はちすば》は
かくこそあるもの
意吉麿《おきまろ》が
家なるものは
芋《うも》の葉にあらし

長意吉麿《ながのおきまろ》
巻十六―三八二六

水上池落日

入江泰吉
エッセイ

万葉の花を訪ねて

わが国に育つ草木の種類は、世界のいずれの国よりもはるかに多いと聞く。それは、わが国の気候風土が、植物の生育にもっとも適しているからであろう。

その豊かな草木に咲く四季とりどりの花々を目にするとき、造化の神は、なぜ千差万別する微妙な姿や彩りを創造されたのであろうかと、ふしぎな気がするのである。おそらく、それぞれの種族の繁殖を考えてあたえられたものであろう。いわば、神の摂理に基づくものであって、われわれ人間の目を楽しませるためではないだろう。だが、そうした花々のあることによって、われわれは、どれほど心清められ、安らぎを覚えることか。

花は、「美の化身」とも「美の究極」ともいわれる。そうした花の美しさによって、心が潤わされる。そして、それが純粋美であるがゆえに、幼児といえどもその美を識別しうるのであろう。

美の究極とされる花にとどまらず、日常ふれる自然界から、美とは何か、という美意識が知らず識《し》らずのうちに、はぐくまれていることはたしかであろう。

とくに美的感性に秀でた人たちの手によって、その自然美は、芸術美として表現されてきた。絵画美術に代表されるが、工芸や服飾などのデザインとしてもとりあげられてきた。さらに、文芸作品においても、自然美そのものを主題にしたもの、あるいは、そのストーリー上の背景に、自然界が巧みに生かされ潤色されているものなどがある。そうした文芸作品上に見られる繊細巧緻をきわめた自然描写の手法は、わが国文芸の特質といえるだろう。

古典文芸上の代表作の一つに数えられる『万葉集』に収録された四五〇〇余首のうち、草木花をはじめ、鳥獣あるいは、天然現象などの広い意味での自然界がよみこまれているものが、大半を占めている。

なかでも、草木花がもっとも数多く一五〇〇余首、また、動物も一〇〇〇余首に及んでいる。草木花を種類別に分けると一七〇余種あり、そして一番多くよまれているのが萩で一四二首あり、次いで梅の一一九首、楮《こうぞ》(たく・たへ)の一一二首、檜《ひお》扇《うぎ》(ぬばたま)の八一首などの順になっている。そのほか、たとえば茜《あかね》、むらさき、高野箒《こうやぼうき》(たまばはき)、蓼《たで》、芹《せり》、屎葛《くそかづら》などのように、今日のわれわれが見逃しているような山野の雑草のたぐいに至るまで、仔細に観察されていることに驚嘆する。

古代の人々の自然観照の深さ。そのことは、とりもなおさず、自然とともに生きるところから、その自然にいかに強く憧れ、愛し、心の拠所としていたかの証しにほかならないだろう。一方において、自然は日常生活のうえで必需のものであった。住居の用材として、また、食糧や薬餌、染料などとして、計り知れない大きな恩恵をあたえられてきたのである。そうした恩恵に対する感謝の気持から、自然観照をいっそう深いものにしたともいえるだろう。

さて、さきにふれた『万葉集』についてであるが、

河の辺《へ》の　つらつら椿　つらつらに　見れども飽《あ》かず　巨勢《こせ》の春野は
春日蔵老《かすがのくらのおゆ》　巻一―五六

春の野に　すみれ摘《つ》みにと　来《こ》しわれそ　野をなつかしみ　一夜《ひとよ》寝にける
山部赤人《やまべのあかひと》　巻八―一四二四

などのように、自然を賛美された叙景歌とともに

藤原の　古《ふ》りにし郷《さと》の　秋萩は　咲きて散りにき　君待ちかねて
作者不詳　巻十―二二八九

夏の野の　繁みに咲ける　姫百合の　知らえぬ恋は　苦しきものそ

大伴《おほともの》坂上《さかのうえの》郎女《いらつめ》　巻八―一五〇〇

などのように、花の美しさに心ひかれながらも、その花のいのちの短さに託して、己がはかない恋心を訴えるという構造の歌が、圧倒的に多い。そうした自然のたたずまいや、移り変わるさまに託して己が心情を訴える歌の構造は、相聞歌にかぎらず、挽歌などにも多く見受けられる。

　その構造が成りたつに至った背景には、仏教思想上の根本といわれる〝諸行無常〟の観念がうかがえる。解釈はともあれ、万物はつねに流転して少しも常住しない、という絶対的な人生の侘しさ、はかなさの観念が反映しているとみるべきであろう。いずれにしても、私は万葉びとが心をよせた花々の美を探し求めてきた。山野の草むらの蔭に、ひそかに咲く野草の小さく可憐な花を見出したときなどのうれしさ。それとともに、万葉びとの歌心にふれるなつかしさを、しみじみと味わうのである。

　花は美しい。大和路は、その美しい花々に恵まれている。四季折り折りに咲きほこる微妙な花々は、大和路の風趣にとって、欠くことのできない、いわば、美の脇役である。

（『万葉の花を訪ねて』より）

万葉大和路

入江泰吉
エッセイ

万葉の大和については、写真のテーマとしてかねてから興味をひかれ、古寺風物の遍歴のかたわら手掛けてきた。しかし、万葉歌とは、いうまでもなく、形を具えた古寺風物などの対象とは異なり、万葉びとの生活感情が表出された叙情的な詩心の世界である。たとえそれが、自然の風趣をよまれているにせよ、純粋な自然描写とはいえず、風趣に託して作者の情想を表現した、いわゆる「物によせて思いをのぶ」ところの自然詠であろう。

そのような歌の心を、レンズという科学の目をもってしては、容易にあらわしうるものではなく、仕事も捗《はかど》らなかった。

『萬葉大和路』は、写真による万葉大和の風土記というべきものである。

万葉以後の歌には、梅よりも桜を歌ったものがはるかに多く見られる。花の中の花として、桜花を讃美し、あるいは落花を詠嘆するなど、深く心をよせている。ことに西行など、桜に強くひかれたらしく、桜に託して「しみ氷る」侘びの境地をあらわした秀歌を、多く残している。万葉歌に、その桜よりも梅が多くよまれている

穴師より二上山を望む　1959年４月

春日の杜ささやきの小径　1965～70年

のは「中国文芸の影響」といわれる。
万葉時代といえば飛鳥《あすか》・奈良朝であり、その時代に開花をみた華やかな、画期的な古代都市文化は、中国の仏教をはじめ、あらゆる先進文化の積極的な吸収によって成りたったことは、周知の事実である。万葉においても梅という単なる歌作上の素材にとどまらず、万葉歌そのものの創作にも中国文芸は大いに影響をあたえたことであろう。

それはともかくとして、草木花のほかに、山や川、野や道、海や湖、雪や月、雲や雨、それに鳥獣などを加えると、集歌の大半に、自然界が歌いこまれていることになる。大半といっても、純粋な叙景歌はわずかであろうが、いずれにしても、万葉びとと、自然とのかかわりあいが、いかに深いものであるかが、うかがえる。

大和は全国的にみて温暖な気候であり、穏やかな山並みにかこまれ、美しく、豊かな自然に恵まれている。上代の人々は、その風土を「まほろば」とたたえ、飛鳥の地に都を定め、高度な古代の文化都市を形成するに至った。そのような、すぐれた風土と、高度な文化を背景にしてうまれた『万葉集』である。

万葉びとは、ことに美しい自然に憧れ、親しみ、愛し、そして、そこに神を見出した。そうした人間と自然との深いかかわりあいを通して、自己を見つめるところ

興福寺遠望　1970〜77年

から、情想も浄《きよ》められ、高められ、一方において美意識もまた、知らず識らずに感化をうけ、みがかれていった、と思われる。そのようにして、万葉という、わが民族独自のすぐれた抒情詩の創造をなしとげられるに至ったのであろう。

私は、万葉大和の故地を、いくたびとなく、さぐり歩いてきたが、いま目にする自然のたたずまいも、四季それぞれに美しい。美しいがゆえに、歌によまれ、その歌心が、そこに息づいていることによって、その風趣もいっそう美しく、味わい深いものにしているのであろう。

しかし、現実の自然のたたずまいには、千年の長い歳月の隔たりがある。具体的には当然、変貌しているといえよう。その変貌については、天災も見逃せないが、人為によるところも少なくない。ことに戦後に至って、人為的な風致の汚損や破壊は甚だしく、目に余るものがある。そのような汚損は、大和の平坦地を流れる万葉故地の、いずれの川にも見られるところである。

だが、吉野山系に源をなす吉野川、その山間部を流れる宮滝《みやたき》や、菜摘《なつみ》のあたりは、ダムの建設などで水量の衰えは見られるにしても、吉野万葉をしのばせるに十分な風情が、いまなお、よく保たれている。

宮滝は、いかにも画趣的な、巨大な岩壁が迫り合い、その間の流水は奔湍《ほんたん》をなし、

親子鹿　1975年5月

◀甘樫丘より飛鳥の里を望む　1960年10月　　▲斑鳩の里　1959年10月

あるいは深淵をなし、実に変化に富む豪壮ともいうべき景観を呈している。

その上流、菜摘の里は、その名のひびきにふさわしい、実にのどかなたたずまいである。川幅もさらに広まり、ゆるやかな流れに、山影をくっきりと映している。古風な構えの民家のわずかに見られるひなびた山里は、人のけはいも感じられず、現代ばなれのした情景をなしている。

「水激《たぎ》つ滝の都」としていとなまれた宮滝離宮に、持統《じとう》女帝は、三一回にわたって行幸されたという。三一回にも及ぶ、たびかさなる行幸の目的は知るよしもないが、飛鳥の都にあって、絶え間ない殺伐な政争にもまれる帝は、その渦中から逃れ「見れども飽きぬ」その宮滝の風情に憩いを求め、気分の転換を計ろうとされた遊行、そうしたことも一因であったかもしれない。

宮滝の景観は、飛鳥や奈良の古都周辺の穏やかな、ものさびた風情を見なれた私たちの目にも新鮮で、大いに感興をよびおこさせるものがある。

その宮滝の「夢のわだ」にそそぐ象《きさ》の小川、その流れに沿って喜佐谷《きさだに》を約半キロさかのぼったところに桜木神社がある。付近には民家もなく、深い木立におおわれ、宮滝とは対照的な幽邃境《ゆうすいきょう》をなしている。境内を流れる峡谷の水は清冽《せいれつ》そのものである。まさに、大伴旅人《おおとものたびと》の歌境を彷彿させる雰囲気である。

薬師寺を望む　1962年11月

二上山への道　1973年ごろ

私は今年(一九七四年)の一月、はじめて引手《ひきで》の山ともいわれる竜王山《りゅうおうざん》に登ってみた。そこからわずかに見下ろす角度で眺められる三輪山の容姿は、実に印象的であった。周囲に連なる山々の中にあって、その容姿は、ひときわ端整で気高く、悠久の山を思わせた。

三山も望まれたが、かなり遠く離れているせいで、風情をそこねる人工的な夾雑《きょうざつ》物《ぶつ》も霞み、いかにも万葉の三山らしく感じられた。また、葛城山《かつらぎさん》や、二上山《ふたがみやま》もかすかに見はるかされたが、それら万葉の山々は、いまなお生きいきと息づいているのであった。

歌集第一巻の巻頭に編まれた歌の作者とされる雄略《ゆうりゃく》天皇の皇居、泊瀬朝倉宮《はつせあさくらのみや》跡を、初瀬《はつせ》街道沿いの黒崎村に訪ねたときのことである。

その伝承地は、黒崎村の背後のかなり高い山の中腹にあった。急斜面に開墾された柿畑と、雑木林の境界に、その伝承地を示す標柱を、やっと見つけたが、なかば朽ち、倒れかかっていた。

そこからは、眺望がまったくきかないばかりか、三脚を据える余地もなく、私のイメージとはおよそかけ離れた殺風景な場所なので、そこを諦め、谷一つ距《へだ》てた西方の台地へうつった。

そこからは、初瀬の川面も見下ろされたし、西の山間《やまあい》に、飛鳥古京も望まれた。私は、そこを写真の立場から宮跡として撮影した。

万葉故地とはいえ、それが、推定的な伝承の地であったり、あるいは、詠歌所出の地名の中には、その所在が明らかでなく、諸説があるなどして、私のような万葉学の門外漢にとっては、「とりつく島もない」場合も多い。

そんなことから、といえば、私の至らぬ作品に対する逃口上になりそうであるが、ともかく、私自身の勝手気儘《きまま》なイメージによる作品も少なくないことを、おことわりしなければならない。

私は、今回の仕事を通して、大和のすぐれた風土に培われた上代びとの自然観、そして、その自然観に養われた美意識によって開花を見た万葉、その万葉が、わが民族独自の伝統文芸の成長のもとをなしていることを改めて知るとともに、『万葉集』そのものが、今日に遺された意義「詩は歴史よりも真実である」という万葉びとのその巧まざる真実の声を聞くことができたのである。

（『萬葉大和路』より）

秋立ちぬ

路の辺《へ》の
壱師《いちし》の花の
いちしろく
人皆知りぬ
我が恋妻《こひづま》を

柿本人麻呂歌集　巻十一―二四八〇

いちし(まんじゅしゃげ)　飛鳥川

吉野宮滝

萩のふるさと

秋をめぐる花について、次のような歌がある。

人皆《ひとみな》は　萩を秋と云ふ　縦《よ》しわれは　尾花《をばな》が末《うれ》を　秋とは言はむ

作者未詳　巻十―二一一〇

当時の人々にとって、秋の花といえば萩だったらしい。たしかに萩は『万葉集』の中でもっとも多く歌われた花であり、その数は他の追随をゆるさない。二番目に多い花は梅だが、これは例の「梅花の宴」が大宰府《だざいふ》でひらかれ、集中的に四〇首近い梅の歌が歌われたからで、万葉びとに満遍なく愛好されたわけではない。

ところがこの作者は世上の萩の愛好に、一人反対する。私は尾花《おばな》（ススキ）の末の紅く色づくことをもって、秋の実感としようというのである。萩も尾花も天平の七草の中に入っている。その点では萩をあげようと尾花をあげようと、天平の好みをはずれてはいないのだが、尾花は美草として初期万葉から登場する。尾花をよしというのは、やや伝統的なことで、この歌の作者は、存外老硬骨漢だったかもしれない。ことに薄《すすき》の穂がたちまちに白銀とかわり、白濁してほうけていくものであってみれば、これは天平の紫の好みからははずれていく。伝統的な白の好みである。

勝手な空想をすれば、この作者を多少のすね者老人として、白頭こそいいのだという諧謔味《かいぎやくみ》のある歌と解することもできる。逆の意味の「白頭吟」である。

いずれにしても、穂薄の中に秋をイメージしているユニークな歌で、なでしこともに、通説の萩を排除はしていても、しかし花に季節を重ねる点ではすべて共通しているのである。それにしても、「人みなは萩を秋といふ」とは、彼らにおける萩の重みをものがたっている。萩は、単に秋を代表する花というにとどまらなかったはずである。もう都が奈良にうつると、飛鳥は藤原の地をふくめて「故郷」とよばれるようになったが、その名のごとく望郷の思いを抱いて、奈良の人々は故郷を訪れている。その一人、丹比国人《たじひのくにひと》は飛鳥の豊浦寺《とゆらでら》を訪ね、その尼の私房での宴席で、つぎのような一首をよんだ。

明日香川《あすかがは》　行《ゆ》き廻《み》る丘の　秋萩は　今日降る雨に　散りか過ぎなむ

巻八―一五五七

飛鳥川の流れめぐる丘とは神なびの丘、雷《いかずち》の丘のことで、それを彩る萩は、飛鳥

指進《さしずみ》の　栗栖《くるす》の小野《をの》の　萩が花　散らむ時にし　行きて手向《たむ》けむ

大伴旅人《おほとものたびと》　巻六―九七〇

にしきはぎ　円照寺付近

を故郷とする人々には忘れがたい風景だったようである。国人は飛鳥を訪れてその風景に再会することができた。そしていま、秋の霖雨《りんう》が萩のこわれやすい美しさをそこなってはいまいかと心配するのである。豊浦寺は飛鳥川のほとりに雷の丘と向かい合う位置にあり、昼間なら望見できた風景が雷の丘の萩である。いまは夜か。夜の秋雨が人を愁殺《しゅうさい》するものである。

これに対して豊浦寺の沙弥《さみ》(僧)や尼はつぎのように歌う。

鶉鳴《うづらな》く　古《ふ》りにし郷《さと》の　秋萩を　思ふ人どち　相見つるかも

巻八―一五五八

秋萩は　盛り過ぐるを　徒《いたづ》らに　挿頭《かざし》に挿《さ》さず　還《かへ》りなむとや

巻八―一五五九

第一首は客人の国人と僧尼らを親しい仲間と考え、いっしょに萩の開花を見たことをよろこんでいる。つまり故郷の秋萩が、離れて住む人々を結びつける要《かなめ》になっているわけで、第二首のごとく、挿頭にさして無事を祈り合うべきものが、故郷の萩であった。故郷はすでに鶉《うずら》の鳴くようにさびれて古くなってしまった場所である。しかしそこに人々の心の要として存在するものが萩であった。故郷の花とは、そのようなあり方をするものにちがいない。
都が飛鳥からうつった藤原の地も、また奈良遷都によって故郷となった。

藤原の　古《ふ》りにし郷《さと》の　秋萩は　咲きて散りにき　君待ちかねて
作者未詳　巻十―二二八九

歌の趣は恋歌で、右に述べたような一般的な花ではないが、やはり秋萩を媒介として故郷の女と都の男との心は結ばれている。萩は単に男をよびよせるだけの口実ではあるまい。しかも「古りにし郷」という、ここにもくりかえされていることばは、『万葉集』に、少し前に載せられた、

わが屋前《やど》の　萩咲きにけり　散らぬ間に　早来て見べし　平城《なら》の里人《さとひと》
作者不詳　巻十―二二八七

によると、「奈良の里」に対応して表現される心情をもっている。いまふうにいえば都会に対するいなかといった心情をこめたことばが「故郷」で、ただ古びてしまったところという以上に、今日のわれわれの語感の中にも残っている「ふるさと」がそれである。だからこそ、故郷の花は、さまざまに歌われているのである。

萩が「ふるさと」の花だということは、大伴旅人《おおとものたびと》の歌の中でもっとも明瞭である。旅人の晩年は暗い。高齢の身を辺境の大宰府《だざいふ》に運び、さらにこれが体《てい》のいい左遷だったとなると、いっそう九州の生活は辛かったろうが、そこで彼は一刻も早い帰京を願い、奈良を想いやって、

沫雪《あわゆき》の　ほどろほどろに　降り敷《し》けば　平城《なら》の京《みやこ》し　思ほゆるかも

巻八―一六三九

と歌った。望郷の目がはるか遠い奈良の雪を連想させたのである。

そして天平二年(七三〇)の暮近くに、旅人は帰京することができた。翌三年の初秋七月に旅人は薨《こう》ずる。ところが彼の生涯最後の歌は、こうである。

須臾《しましく》も　行きて見てしか　神名火《かむなび》の　淵は浅《あ》さびて　瀬にかなるらむ

巻六―九六九

指進《さしずみ》の　栗栖《くるす》の小野《をの》の　萩が花　散らむ時にし　行きて手向《たむ》けむ

巻六―九七〇

久しく訪れなかった飛鳥の神なび川(飛鳥川)は淵瀬がかわっているかと想像し、

萩の落花のころ栗栖の小野に行って神祭りをしようと歌った。いまわの際の旅人の思慕した風景が、故郷の萩の落花だったのである。死の床に侍したと思われる旅人の資人《しじん》(従者)は、旅人が「萩の花はもう咲いているか」と問うたことを記録している。病床の正岡子規が「いく度も雪の深さを尋《たづ》ねけり」といったのに似て、趣が深い。しかして旅人は初秋早々にこの世を辞しているから、ついに故郷の萩の落花を見ることなく死の旅におもむいたことになる。落花のころの神祭りもすることなく、望郷の幻影の中に、いたずらに萩の花をちらつかせながら帰らぬ人となった。

死の床で芭蕉が曠野《こうや》を夢想したことは、よく知られている。反対に旅人の夢は故郷に収集され、秋萩の上をかけめぐった。このときには、もう萩は萩そのものではない。さながらに故郷であり、なつかしき歳月をすべて具現した象《かたち》が萩であった。

私は亡父が死に近く赤まんまの花を夢想していた事実を体験したことがあった。人間と花とは、そのような結びつきをするものであろうか。

『万葉集』が古典のふるさとだとすれば、万葉集にもっとも多くよまれた萩が、ふるさとの花であったということは、今日のわれわれにもなお生きている因縁のように思われる。そして秋の萩は、春の馬酔木《あしび》と対応するか。堀辰雄が馬酔木を憧憬したのも、大和路をふるさととする思念からであった。

高円の秋

高円《たかまど》は奈良の都の東の郊外である。三笠山などをふくんだ春日山が北につらなり、それにつづいて高円山がそびえる。都の中を西へ流れる能登川はこの山中に発し、山すその高円の野を貫いて流れ出る。

こうした地理上の位置から、高円は都の人にとって格好の行楽地であり、自然を楽しむに好都合の場所でもあった。面白いことに『万葉集』には長皇子《ながのみこ》と志貴皇子《しきのみこ》とが宴会を楽しんだ歌があるが、それは長皇子の別邸があった佐紀の宮においてであった。佐紀は都の北の山地である。対して志貴皇子の別邸があったとされているのは、いま、白毫寺《びゃくごうじ》とよばれる寺のあるところ、高円の野の高みである。のちに長屋王も別邸を佐保(北郊)に築いたらしく、これら諸皇子たちが自然に親しむ場所として、東北郊の山野が広がっていたことになる。『万葉集』には「高円の離宮」も登場するから、天皇の行幸する宮殿もいとまなれていたのであろう。

もし白毫寺が志貴皇子の邸と考えて正しいなら、皇子が生涯を閉じたのも、ここにおいてである。『万葉集』によると霊亀《れいき》元年(七一五)九月、『続日本紀』によると翌二年八月十一日、いずれにせよ秋のころであった。このとき、笠金村《かさのかなむら》はすぐれた

挽歌をたてまつっている。その反歌だけを記すと次のごとくである。

高円《たかまと》の　野辺《のへ》の秋萩　いたづらに　咲きか散るらむ　見る人無しに
巻二―二三一

三《み》笠山《かさやま》　野辺行く道は　こきだくも　繁り荒れたるか　久にあらなくに
巻二―二三二

皇子は生前萩を愛したらしい。それも皇子が死んでむなしく咲いて散っているだろうという推測が前者、三笠山の野辺を通ってゆく道は、志貴皇子の死によって奉仕の人も通わず、すっかり荒れたろうか、それほど日時もたっていないのに、というのが後者である。志貴皇子の宮は春日の三笠山にもあったらしい。皇子のことを「春日宮《かすがのみや》の天皇《すめらみこと》」というのも、そのためである。

なお、皇子は高円山中、東金坊《とうこんぼう》の地に葬られた。いま田原西陵というのが、その墓所である。ちなみに、田原東陵というのは光仁《こうにん》天皇の陵、光仁は志貴皇子の子である。例の太安万侶《おおのやすまろ》の墓も、近ごろ田原の地に発見された。

古代の高円はうっそうと草木が繁茂する原野だったであろう。狩猟がここで行われているのは、生息する動物も多かったらしいことを示している。天平十一年(七三

高円山

九）にも聖武天皇が群臣をひきいて狩猟を楽しんだことがあった。そのとき、ちょっとしたハプニングがおきた。当時の狩猟は男性たちが野深く入りこみ、女官たちは野の手前にとどまっていたようである。そんな女性集団の中に、突然むささびがとびこんできた。女性たちは大さわぎ、やっと騒ぎを聞いてかけつけてきた勇士によっていけどりにされたが、この獲物を天皇さまのお目にかけましょうということになり、歌達者の坂上郎女《さかのうえのいらつめ》が一首をそえた。

大夫《ますらを》の　高円山に　迫《せ》めたれば　里に下《お》りける　鼯鼠《むささび》そこれ

巻六―一〇二八

残念なことに献上する前にむささびが死んでしまったので、歌も奏上しなかったと注があるが、何しろ夜行性の動物、突然の狩猟におどろいて梢にかけのぼり、滑空しつつ逃げてきたのだろう。女官たちの興奮した嬌声が伝わるような一幕である。『万葉集』に高円の地名が出てくる歌は三二首、そのうち二四首までが秋の歌である。だから『万葉集』の高円をしのぶには秋にここを訪れるのがよい。尾花（すすき）を吹く秋風は万葉時代からのものだし、もみじをかざせば、これも万葉びとさながらのしぐさである。

秋の花

さ男鹿《をしか》の　入野《いりの》の薄《すすき》　初尾花《はつをばな》　いつしか妹《いも》が　手を枕《まくら》かむ

作者未詳　巻十―二二七七

『万葉集』でも新しい時代、八世紀中ごろに、おそらく奈良の都近くに住んでいただろうと思われる作者によって、この尾花の一首がよまれた。美しい歌である。いま、作者は恋をしている。大好きな女性と手枕を交わし合って寝られる日はいつくるだろうと、空想し願望する。それでは、こんなに男を夢中にさせる素敵な少女はどんな女性なのか。それを語る部分が上の句である。

りっぱな角を立てた男鹿が野原の中に分け入ってゆく。「入野」とは山裾の間に深く入りこんだ野だから、ふところが深い。その野に薄《すすき》が生《お》い茂っている。ふもとの野だから、秋にはもう早々と穂を出す薄であろう。その最初の花が「初尾花」である。薄の、えんじ色にふさふさと垂れた先端をわれわれは穂とよんで、今日では誰も花とは思わなくなっているが、いうまでもなく、りっぱな花である。顔を近づ

人皆《ひとみな》は　萩を秋と云ふ　縦《よ》しわれは　尾花《をばな》が末《うれ》を　秋とは言はむ

作者未詳　巻十―二一一〇

をばな(すすき)　法起寺付近

けて、よく瞳を凝らして見るがよい。無数の小さな花が一面についている。まさにけものの尾のような形に房状をなすものが薄で、花を主としてよぶときに、これを「尾花」といった。

さてその、初々しくえんじ色に輝く尾花を、この歌の作者はわが愛する女性のイメージとしたのである。みずみずしい薄の穂のような女性が、いつか手枕を交わしたいと憧れる女性であった。美しいイメージではないか。

万葉の歌びとたちは、このように自然の姿を人間と重ね合わせ、人間を花によって比喩《ひゆ》したり、花を見て人間を連想したりすることの天才であった。実はこの歌にはもう一つの比喩が使われている。「さ男鹿」が入ってゆくとは、ほかならない男性の姿、自分自身をイメージしたものであった。男鹿のように凛々《りり》しい男と、初花のようにしなやかでみずみずしい女との恋を、この歌はものがたる。男も女も生命感にあふれている。それが万葉の恋であり、これを具体的に読者に示してくれるものが自然であった。

とくに薄は「美草」ともよばれるように代表的な草で、万葉では薄、尾花、萓《かや》すべてを入れて四七回登場する第六位の花、もちろん山上憶良《やまのうえのおくら》が選んだ秋の七草の中にも入れられている。

秋の野に　咲きたる花を　指《および》折り　かき数ふれば　七種《ななくさ》の花
巻八―一五三七

萩の花　尾花葛花《くずばな》　瞿麦《なでしこ》の花　女郎花《をみなへし》　また藤袴《ふぢばかま》　朝貌《あさがほ》の花
巻八―一五三八

後世に長く伝承される七草の選定は、七夕の夜に供える七種の草花を選んだことに由来すると思われる。その創始者が山上憶良らしい。

真葛《まくず》原　なびく秋風　吹くごとに　阿太《あだ》の大野の　萩の花散る
作者未詳　巻十―二〇九六

何気ない歌だが、すばらしい一首ではないか。阿太は吉野川ぞいの地名、古くから鵜飼の者たちがいるところとして文献に登場するが、このときは秋、萩の花が咲きみちてあふれたらしい。そしてまた、阿太の大野は葛が生《お》い茂る野でもあったらしく、そこに風が吹くと、大きな葛の葉は、白々と葉裏を見せて、なびきひるがえった。もちろん、紫の房状の花も風に揺られたであろう。山の中の野(傾斜地)に吹く秋風は、かなり強く硬い風と思われる。

野に一面の葛をなびかせて吹いてくる風は、近づいて、あの小さな萩の花をこぼしつづけるという。葛の花と同じ紫の花ながら、大きなそれとは対照的に小さな花である。この取り合わせの面白さに、山国に深まってゆく秋の趣を感じている一首である。

秋さらば　見つつ思《しの》へと　妹《いも》が植ゑし　屋前《やど》の石竹《なでしこ》　咲きにけるかも

大伴家持　巻三―四六四

なでしこ（撫子、石竹、瞿麦などとも書かれる）はとくに大伴家持が好きだったらしく、彼の周辺に数多く登場する。一体に初期万葉のころは白い花が、後期万葉のころには紫、青系統の花が愛好される傾向があった。なでしこもこの好みの傾向によって、家持の周辺に数多くよまれるようになったのだった。万葉びとの好んだ花はおおむね小さい花だから、なでしこはうってつけの花であった。

なでしこの花は美しいが、右にあげたなでしこはかなしい花である。この一首は、愛する女性を失ったときにつくられたもので、女性は「妾《おみなめ》」と書かれているから、年若い妻であった（「妾」とはいわゆるめかけのことではない）。この女性が生前なでしこを庭に植えて「秋になって花が咲いたら、花を見て思《しの》んでください」といいおい

真《ま》葛《くず》原　なびく秋風　吹くごとに　阿《あ》太《だ》の大野の　萩の花散る

作者未詳　巻十―二〇九六

くず　白毫寺付近

秋さらば　見つつ思《しの》へと　妹《いも》が植ゑし　屋前《やど》の石竹《なでしこ》　咲きにけるかも

大伴家持《おおとものやかもち》　巻三―四六四

なでしこ　春日大社神苑

たまま、開花を待たずに晩夏のころ死んでしまったらしい。その花がいまや咲いたといって、作者は死者をいたむのである。

この「思《しの》ふ」ということばには二重の意味が考えられる。一つは「花の美しさをほめる」という意味だが、もう一つには「遠く思慕する」という意味がある。つまり、女性はもうすでに、なでしこを植えたときから秋の死を予期していて、もう存在しなくなった自分を、花を見ながらしのんでくれと願望したことになる。いま、不吉な予感は的中し、愛する妻は現し身《うつみ》を花とひきかえて死んでしまった。家持にとっては、いま目の前にあるなでしこが妻そのものとして映っていることだろう。なでしことは「撫でし子」、愛の記憶がまざまざとよみがえってくることが、悲しみをいっそう大きくしているにちがいない。

家持はしばしばなでしこを女性にたとえたが、女郎花《おみなえし》が女性に擬せられることも理解される。そしてこの花も憶良の時代以前にとりあげた歌人はいない。

手にとれば　袖さへにほふ　女郎花《をみなへし》　この白露に　散らまく惜《を》しも

作者未詳　巻十―二一一五

あの黄色――当時の分類では丹《に》色の一つだが、それに袖までも彩られると作者はいう。その一因に、この花が逆三角形に花梗《かこう》を広げて、小花を幅広くちりばめることがあろうか。丈も比較的高くわが物顔に抽《ぬき》ん出る風情もある。それが花の小ささに似合わぬ華やぎをもたらすのであろう。

それにくらべると、藤袴《ふじばかま》は、やや重い感じがしまいか。ふしぎなことにこの花は集中、憶良がここにとりあげただけで、前例もなければ、のちにまねするものもなかった。にもかかわらず代表的な七種の中に憶良が加えたのは、彼独自の趣味としか思えないが、それは、香りよい草に対する好みであったか。この草は別名「蘭草」をもち、茎や葉が乾くと芳香を発するという。また、蘭香《さわあららぎ》(沢蘭。さわひよどり。巻十九―四二六八の題に見える)とよく見まちがえられるといわれるが、中国の文学にあれほど多く見られる「蘭」は『懐風藻《かいふうそう》』には登場しても、『万葉集』にはあらわれないのである。このあたりに渡来人儒学者憶良の、ひそかな試みがあったのかもしれない。

七草最後の朝顔(ききょう。ほかに諸説ある)も、無名歌に四首あるだけで、氏名の知られる歌人は誰一人歌っていない。昼顔と同じかおばなの一種のわけだが、かおばなからとくに朝顔を取り出したところに新鮮味がある。そしてこれを桔梗《ききよう》と確定してよいなら、これほどに美しい花を今日のように享受するようになった出発を、

おみなえし　平城宮跡

手に取れば　袖さへにほふ　女郎花《をみなへし》　この白露に　散らまく惜《を》しも

作者未詳　巻十―二一一五

萩の花　尾花《をばな》葛花《くずばな》　瞿麦《なでしこ》の花　女郎花《をみなへし》　また藤袴《ふぢばかま》　朝貌《あさがほ》の花

山上憶良《やまのうへのおくら》　巻八―一五三八

ふじばかま　春日大社神苑

憶良に負っていることとなる。

朝顔は　朝露負《お》ひて　咲くといへど　夕影《ゆふかげ》にこそ　咲きまさりけれ
作者未詳　巻十―二一〇四

という一首は、みずみずしい一日の「朝顔」の姿を、露と光の中に見たもので、花を愛する心根にみちている。

さて、秋の七草は以上のごとくだが、もとより秋の花がこれらに限られるはずはない。これまた興味深いのだが、一人山上憶良が「朝顔」をよんだのと同じように、同時代の山部赤人《やまべのあかひと》は韓藍《からあい》を歌い、ほかは無名者が三首をよむだけで、事情が一致している。

わが屋戸《やど》に　韓藍《からあゐま》蒔き生《おほ》し　枯れぬれど　懲《こ》りずてまたも　蒔かむとそ思ふ
山部赤人　巻三―三八四

韓藍とは鶏頭《けいとう》のことで、その名のごとく「から(舶来の)あゐ」色の染料をとる草として古く中国から輸入されたものである。万葉時代にも、それほど一般的になってはおらず、宮中の庭園などに植えられていたらしい。歌も四首しか残っていない。

朝顔は　朝露負《お》ひて　咲くといへど　夕影《ゆふかげ》にこそ　咲きまさりけれ

作者未詳　巻十―二一〇四

あさがほ(ききょう)　平城宮跡

わが屋戸《やど》に　韓藍《からあゐ》蒔《ま》き生《おほ》し　枯れぬれど
懲《こ》りずてまたも　蒔かむとそ思ふ

山部赤人《やまべのあかひと》　巻三―三八四

からあゐ(けいとう)　山の辺

ところでこの歌は、山部赤人らしからぬユーモラスな歌で、何か失敗したときなどに、ふと口をついて出てきそうな一首なのである。つまりわが家に鶏頭をまいて大事に育てたのに枯れてしまった、しかし懲りないでまた種子をまこうという歌だから、もちろん鶏頭は女性のことである。しかも右にいったように宮中にも植えられているのだから「わが屋戸」には育ちにくい高貴な女性である。ふつりあいで、すぐ枯れてしまう――離《か》れてしまうのである。しかし高嶺の花だからこそ執念も一段と激しい。性こりもなく、またプロポーズしようという歌である。作者はこんな場合を空想しながら、ユーモラスに歌っては楽しんでいるのである。

それにしても、あの鶏頭である。真赤な火焔《かえん》のような紅。グロテスクでさえある肉厚な形は、妙に肉感的でもある。とかく可憐な白い小花を愛した日本人にとって、これはたしかに海の彼方を思わせるエキゾチックな花だったたであろう。そんな女性は妖しい魅力をたたえていて、男を愚かにしたことだった。

同じように蓼《たで》(いぬたでなど)も家の庭に植えられた。

わが屋戸《やど》の　穂《ほ》蓼古幹《たでふるから》　採《つ》み生《おほ》し　実《み》になるまでに　君をし待たむ

作者未詳　巻十一―二七五九

上句の表現もどこか似ているし、真紅の穂も鶏頭と似ているが、こちらは古い茎をつんで新芽を出させ、それが実となるように恋の成就を祈ろうというのだから、主旨は別である。しかし、奈良朝の下級宮人の生活（右の作者はその家族としての女性）が浮かんでくるような歌々であり、スマートさはないが、暖かい人間味の通ってくる二首ではないか。暖かい人間味は庶民の得がたい体質である。

韓藍は恋が態度に出てしまうたとえにも用いられたのだが、同じ様子を東国の恋人たちは、

恋しけは　袖も振らむを　武蔵野の　うけらが花の　色に出《づ》なゆめ
東歌　巻十四—三三七六

と、うけら（おけら）に託して歌った。そういわれてもぴんとこないほど、うけらは目立たない。いかにも野生の花である。むしろこの花は長い花期によって目立つのであろう。これら比喩の花の相違に、赤人たち都の人々と東国の人々との生活体験の相違があった。

ちょうど、優美な萩と荻《おぎ》との区別と同じだといってもよい。荻は東歌の中（巻十四—三四四六）にもよまれ、都の人間が歌うときは、

あしひきの　山さな葛《かづら》　もみつまで　妹《いも》に逢はずや　わが恋ひ居《を》らむ

作者未詳　巻十―二二九六

さなかづら(びなんかずら)　春日大社神苑

南淵《みなぶち》の　細川山に　立つ檀《まゆみ》　弓束《ゆづか》纏《ま》くまで　人に知らえじ

作者未詳　巻七—一三三〇

まゆみ　春日大社神苑

神風《かむかぜ》の　伊勢の浜荻《はまをぎ》　折り伏せて　旅宿《たびね》やすらむ　荒き浜辺に

碁檀越《ごのだんをち》　巻四―五〇〇

のごとき旅の野宿の荒涼の中によまれるのだった。

考えてみれば、秋の花として何がよいかという判定自体があまりにも不自然なので、自然はもっと豊かだったはずだ。都の人たちは鋭い感受性をみがいたろうけれど、反対に類型の中に視野の狭さを育ててしまった。

道の辺《へ》の　尾花《をばな》が下の　思ひ草　今さらさらに　何をか思はむ

作者未詳　巻十―二二七〇

この思い草(なんばんぎせる)も、うなだれた風情が物思いを連想させたのだろう。こうした文雅の優美さが、うけらや荻を都世界から追放してしまったのである。

薄よりも豊かな荻の穂が白濁して呆《ほお》け、身の毛を逆立てるように風に吹かれるようになると、もう秋も終わりである。冬に入ろうとする日々の厳しさを、蕭条《しょうじょう》とした川べに見せるのも、荻なのだが。

おもひぐさ(なんばんぎせる)　田原

もみじ

経《たて》もなく　緯《ぬき》も定めず　少女《をとめ》らが　織れる黄葉《もみち》に　霜な降りそね

大津皇子　巻八―一五一二

もみじの見方が面白い一首である。作者はもみじを織物に見立て、これを織る少女を想定する。そして彼女がたて糸もよこ糸もこれといってきめずに、さまざまな糸で織りなした布がもみじだというのである。全山一面に赤や黄に黄葉している様子をいうのに、「経もなく緯も定めず」というのは趣向がある。実は作者の大津皇子《おおつのみこ》には漢詩の作があって、それによると「霜という杼《さお》によって、葉々の錦を織る」という句が見える。同趣の表現だから、源泉は中国ふうな表現だったことがわかる。いかにも大津皇子らしい。

それにしても歌のほうは、せっかく黄葉したのに霜がおりて落葉してしまっては困るという心づかいがあり、漢詩のほうではむしろ霜によってもみじという布が織られたというのだから、別である。霜よ降るな、というよびかけは、いかにも和歌らしい、やさしい心づかいで、もみじへの思い入れの深さを引き立てていよう。

めづらしと
わが思《も》ふ君は
秋山の
初黄葉《はつもみちば》に
似てこそありけれ

久米女王《くめのおほきみ》
巻八―一五八四

もみち(もみじ)　東大寺東塔跡秋色

冬ごもり

橘《たちばな》は
実さへ花さへ
その葉さへ
枝《え》に霜降れど
いや常葉《とこは》の樹《き》

聖武《しょうむ》天皇　巻六―一〇〇九

たちばな(みかん類)　飛鳥

飛鳥真弓ヶ丘

冬の花

「菊後の花」ということをご存じだろうか。昔からいわれてきたことばだが、菊のあとに咲く花とよばれるものがある。雪のことだ。いままで季節を彩ってきた花はそれぞれにあったが、秋の菊を最後として、天地は山も木も草も無音の中に眠り、静寂の冬の季節となる。もう花は咲かない。その中で降る雪の美しさを花にたとえて、昔の人は菊の後の花といったのである。美しい言葉ではないか。

万葉でも、冬は一面の雪におおわれる。

あしひきの　山道《ち》も知らず　白橿《しらかし》の　枝もとををに　雪の降れれば

巻十―二三一五

柿本人麻呂の歌集にある一首。白樫《しらかし》の枝が重みでしなるほどに雪が降るから、山道がどこか、わからないという歌である。

白樫は常緑の木だが、幹が白く美しい。いかにも雪に合いそうな清潔な木で、視野の限りを尽くした銀世界がよく表現されている。さっきのことばでいえば、一面に「菊後の花」が咲いていることになろう。
この雪の中に、わずかに顔を出すのが山橘《やまたちばな》である。

この雪の　消《け》残る時に　いざ行かな　山橘の　実の照るも見む
大伴家持　巻十九—四二二六

山橘とは、今日のやぶこうじのことで、小粒で真赤な実をつけることは、知る人も多いだろう。

橘はみかん類のことだから、このささやかな灌木は似ても似つかない。意外に思う人もあるだろうが、つややかな葉や実がこうじみかんに似ているので、万葉びとから山橘とよばれた。

歌の作者は大伴家持《おおとものやかもち》。彼が五年間を過ごした越中《えっちゅう》(富山県)での作である。この北国で家持は毎年春を待望した。まるで、じっと身をかがめて冬に耐えているように、冬の歌が実に少ない。その中での珍しい歌がこれで、この一首もいま一面に山野をおおっている雪が少しずつ消えて、まだら雪になったら外に出ていって、やぶこうじの実が赤く輝くのも見たいというのだから、やはり春を待つ歌である。

しかしまだら雪の中に輝く赤い実に心ひかれる作者の心情を思うと、作者がいじ

この雪の　消残《け》る時に　いざ行かな　山橘《やまたちばな》の　実の照るも見む

大伴家持《おほとものやかもち》　巻十九―四二二六

やまたちばな(やぶこうじ)　東大寺

らしくなる。大それた野望をもつのではない。ささやかな夢を大切にし、野の植物の実に心をなぐさめようとするやさしさが、伝わってくる。

実は、雪に埋もれて長い冬を過ごす越中で、家持たちは、雪で植物をつくりだし、その人工の花に興じている。今日、雪の芸術品を競い合う札幌の雪まつりと同じことを、すでに一二〇〇年前にしているのである。七五一年、家持たちは雪で重なり合った岩ぐみをつくり、そこに木や草の花もあしらった。だから、この風流に参加した久米広縄《くめのひろなわ》という役人は、

石竹花《なでしこ》は　秋咲くものを　君が家の　雪の巌《いはほ》に　咲けりけるかも

巻十九―四二三一

という歌をつくった。自然には花が咲かないとなれば、人工的に花を咲かせてしまおうという、季節を超越する花への憧れを語ってくれるのである。

もう一つ、冬の花の歌につぎのようなものがある。

梨　棗《なしなつめ》　黍《きみ》に粟《あは》嗣《つ》ぎ　延《は》ふ田葛《くず》の　後《のち》も逢はむと　葵《あふひ》花咲く

作者未詳　巻十六―三八三四

梨棗《なしなつめ》　黍《きみ》に粟嗣《あはつ》ぎ　延《は》ふ田葛《くず》の　後《のち》も逢はむと　葵《あふひ》花咲く

作者未詳　巻十六―三八三四

あふひ(かんあおい)　春日大社神苑

初春の　初子《はつね》の今日の　玉箒《たまばはき》　手に執《と》るからに　ゆらく玉の緒

大伴家持　巻二十─四四九三

たまばはき(こうやぼうき)　弘仁寺付近

まず季節の順に植物を並べて、梨、棗《なつめ》、黍《きみ》(きび)、粟《あわ》と花が咲き実がなることを歌い、ついでつる草の葛《くず》が枝分かれして伸びていくことをいい、さてそのように分かれたとしても、また会うことができるように葵《あおい》の花が咲く、という。

何か無駄に植物を並べているように見えるが、そうではない。いわば花カレンダーによって春から秋までの月日の移り変わりを述べるのは、四季折々の花の美しさを作者が感じているからである。「梨花一枝、春、雨を帯びたり」というのは有名な漢詩である。この春の梨からはじめるあたり、作者はなかなかの教養人らしい。そして秋の七草にも歌われる葛をあげたあとで、葵が花を咲かせるというのは、これが寒葵《かんあおい》であることを語っていよう。

寒葵は冬を経て春になると実を結ぶのでこの名があり、冬のあいだは茎を出さないで脚葉だけが地につき、葉のあいだに花が集まって開く。知らなければ花ともわからないほど、黄褐色で目立たない。

何によらずささやかなものにもちゃんと目くばりをしたのが万葉びとだから、寒葵の目立たない花にも十分目を向けていたであろう。

あしひきの　山の木末《こぬれ》の　寄生《ほよ》取りて　插頭《かざ》しつらくは　千年《ちとせ》寿《ほ》くとそ

大伴家持　巻十八—四一三六

ほよ(やどりぎ)　春日大社神苑

吉隠陵

志貴皇子《しきのみこ》のゆかりで、ぜひとも語っておきたいものは、橡姫《とちひめ》の吉隠陵《よなばりのみささぎ》である。伊勢に向けて泊瀬道《はつせみち》を東行すると榛原《はいばら》の町に入るが、この少し手前の西峠を境として、西が桜井市、東が榛原町となる。この西峠の西寄り、角柄《つのがら》の地に、その陵はある。

橡姫とは志貴皇子の妃、光仁《こうにん》天皇の母である。志貴の妃としてはほかに多紀皇女《たきのひめみこ》が知られるだけで、その墓も知られていないから、吉隠陵があることはうれしい。

この陵は国道から北へ六〇〇メートルも山道を登った鳥見山《とみやま》の中腹にある。細く足場の悪い山道を登るのは、何度登っても大変な思いをするし、最後にやっと墓の下に到着しても、なお見上げるように石段がつづいているから、橡姫に近づくことは容易ではない。しかし、たどりついたときのよろこびはいっそう大きい。連亙《れんこう》する吉隠の、ふところの深い山なみを見ながら古代に思いをはせ、志貴の歌などを口ずさむと、もうわれわれはさながらに万葉の世界にいる。

私は、朝この母なる女人の陵にもうで、そのあと田原の志貴や光仁の陵に参ると、ほどよい一日が暮れるだろうと書いたことがある。それほどに一人だけぽつんと遠ざかって眠っているともいえるのだが、それは一体どうしたわけか。私は答えをもちあわせていないが、そもそも橡（つるばみともいう）とは地味な黒色の染色に使う木である。大伴家持が紅《くれない》を遊女に橡を妻にたとえて、華やかな遊女より橡のような妻がよいと歌ったくらいだから、この女性の孤独な眠りが、橡色のつつましさと重なってしのばれてくる。

そういえば思い出すのが、志貴皇子の、

慶雲《きやううん》三年（七〇六）丙午《へいご》に、難波宮《なにはのみや》に幸《いでま》しし時、志貴皇子の作りませる歌

葦辺《あしへ》行く　鴨の羽《は》がひに　霜降りて　寒き夕へは　大和《やまと》し思ほゆ

巻一―六四

の歌である。鴨は夜葦辺で雌雄が羽を交わしあいながら寝るのがふつうである。この歌も皇子が旅先の難波《なにわ》の一人寝に聞いた鴨の羽音から、彼らの共寝を想い、ひるがえってわが一人寝から大和の妻をしのんだ歌である。このとき、皇子の中に橡姫の面影が浮かんでいたにちがいない。

吉隠陵で、こうした想像にふけるのもよい。何しろ、いつだって物音一つしない静寂に包まれた墓所なのだから。

長谷街道山里雪の吉隠(よなばり)

つらつら椿

巨勢《こせ》山《やま》の　つらつら椿　つらつらに　見つつ思《しの》はな　巨勢の春野を

坂門人足《さかとのひとたり》　巻一―五四

大和朝廷の人たちは、ずいぶん遠いと思われるのに、紀伊の海を愛し、しばしばそこへ足を運んだ。海の輝きを好んだからである。神亀《じんき》元年（七二四）に聖武《しょうむ》天皇一行が和歌山におもむいたとき、もと「弱《わか》の浜」といった和歌の浦を、「明光《あか》の浦」と改名したという記事さえある。

この光の国への道は飛鳥の西、軽《かる》から真弓・佐田を経たのち、巨勢をすぎて重坂《へさか》峠を越えて、宇智《うち》へ出たであろう。いまの五条市から亦打《まつち》山《やま》を越して紀の川ぞいを南下した。

右の歌も、そうした行幸時の歌で、大宝《たいほう》元年（七〇一）九月十八日に持統太上《じとうだいじょう》天皇を主とする一行が藤原宮を出発、十月八日に牟漏《むろ》の湯（いまの白浜温泉、崎の湯）に到着した。ずいぶん日数がかかっているのは旅程を楽しみながらのものであったか。

つばき　巨勢(こせ)

帰りは十月十九日。文武《もんむ》天皇もいっしょだった。

　この歌によると、巨勢山には椿が多かったのであろう。「つらつら椿」とは列々椿で、花が点々と咲くからだとされるが、一説には葉がつややかだからともいう。椿は山の中に咲くものだったらしい。「本辺《もとへ》は馬酔木《あしび》花咲き末辺《すゑへ》は椿花咲く」（巻十三—三二二二）という歌があるほどだから、巨勢の椿はいかにも山の中らしく、珍しいものと考えられていたであろう。そのゆえに見ながら、美しさをほめたい、というのである。いまは九月、晩秋だから花は咲いていない。そのうらめしさをこめて、歌う。

　実は、この歌には先輩があった。

　　河の辺《へ》の　つらつら椿　つらつらに　見れども飽かず　巨勢の春野は

　　　　　　　　　　　　　　　　　　春日蔵老　巻一—五六

という歌が知られていたらしい。これは眼前の春野を見あきないという。人足は、たぶんこの春の歌を知っているばかりに、いま晩秋・初冬の巨勢野が悔しかったのだろう。春日蔵老《かすがのくらのおゆ》はもと僧で弁基《べんき》といった。朝廷がその才を愛したと見えて還俗《げんぞく》せしめ、老の名をあたえたという。大宝元年三月のことだから、つい半年前である。

あしひきの　八峰《やつを》の椿　つらつらに　見とも飽《あ》かめや　植ゑてける君

大伴家持　巻二十―四四八一

つばき　春日大社神苑

弁基は壺阪寺《つぼさかでら》の開基といわれる。巨勢路より東に、吉野へ抜ける壺阪峠にこの寺がある。

万葉ではこういう似たような歌をしばしば「ある本の歌」として載せる。つまり甲の万葉には人足の歌がこの折りの歌として載せられていたのに、乙の本では老の歌がこの折りの歌として載せられるという混乱が『万葉集』編集のときにすでにあったのである。そこで私が思わず笑ったのは、巨勢寺の現地にいま立てられている説明板に「巨勢山のつらつら椿つらつらに見れども飽かず巨勢の春野は(巻一)というのは有名である」とあることだった。万葉の異伝を、地でいくものだった。

この巨勢寺跡は、近鉄の吉野口駅の近く、近鉄と国鉄との線路にはさまれて、まことに危なげに残されている。見すぼらしい小堂が一つ。しかし誰が植えたか椿の木がある。心礎も残されている。かつて何度きてみても濁った雨水がたまっていたものだから、昔「いつも雨水をたたえている」と書いたりしたことだったが、水がないと珍しい線刻が見られる。

巨勢山は巨勢にある山といったほどの名前だが、中心は高社の山だろうか。巨勢寺の西方にあり、巨勢山口神社が南のふもとに鎮座する。

巨勢にはかつて巨勢氏がいた。巨勢寺はその氏寺だが、葛城《かつらぎ》王朝と称するほどの力をもった一族が潰滅したあと、平群《へぐり》・蘇我・巨勢などの諸豪族に分派したという説もある。なるほど『古事記』（孝元条）では建内《たけしうち》の宿禰《すくね》の子として波多《はた》、許（巨）勢、蘇我（賀）、平群、木（紀）諸氏の祖先があがっている。ただこれも新興氏族が建内の宿禰に系譜を結びつけたものだったかもしれない。

もし葛城族衰微後の支族とすれば、もう一度巨勢氏をおそった悲運は、近江朝で大納言の要職にあった巨勢人《こせのひと》（比等）が壬申の乱後、一族とともに流罪となったことだ。もっとも右大臣、中臣金《なかとみのかね》のように斬罪にならなかっただけ好運だったともいえるが。

もし罪一等を免ぜられての配流なら、一つの推測が可能である。時の大海人《おおあま》方の将軍、大伴《おおとも》安麻呂《やすまろ》の妻が、巨勢人の娘だから、その助命嘆願があったろうか。人の娘は巨勢郎女《こせのいらつめ》といい、大伴田主《おおとものたぬし》の母である。兄の大伴旅人が天智《てんじ》四年（六六五）の生まれだから、田主も壬申の乱（六七二）以前に生まれていたと思える。

これが正しい推測なら巨勢郎女は夫と父との戦を経験したことになる。その結果の一族配流。しかしその後、人の子の奈弖麻呂《なでまろ》は八九歳（あるいは八四歳）の長寿を保ち、大納言として薨《こう》ずる。天智五年（または九年）の生まれだから、配流は七歳（または三歳）。よく弱小の身の逆境を克服することができた。巨勢谷に悲喜の歴史は深い。

わが門《かど》の　片山椿　まこと汝《なれ》　わが手触れなな　土に落ちもかも

物部広足《もののべのひろたり》　巻二十―四四一八

つばき　白毫寺五色椿

春のあし音

うち靡《なび》く　春を近みか　ぬばたまの　今宵《こよひ》の月夜《つくよ》　霞みたるらむ
甘南備伊香《かむなびのいかご》　巻二十―四四八九

われわれは厳冬のさなかに、ふと顔を近づけた植物の枝が、もうしっかりとふくらんだつぼみをもっていたりすることに、しばしば驚く。沈丁花《じんちょうげ》など、その最たるものだ。植物は確実に春のあし音を聞きとめて、その準備をしているのである。

この歌も発見を歌った一首である。時に天平宝字《ほうじ》元年(七五七)十二月十八日、三形王《みかたのおおきみ》の宴席での詠で、作者は戸外の月にいち早く春のけはいを感じたらしい。冬の終わりの月はすでにおぼろな風情を示していたか、あるいは春を待つ心が月を霞ませてしまったか。おそらくいずれでもあったろうが、この話題は同席の人々をいたくよろこばせたにちがいない。寒気もゆるんで一面に霞みこめる春が、もうすぐそこまできている、と。「うち靡く」とは春景色がもうろうと霞につつまれる状態の形容である。同席の人々にはこの春景色の中にいち早く鶯《うぐいす》の鳴くことを期待している。

山の際《ま》に
雪は降りつつ
しかすがに
この河楊《かはやぎ》は
萌《も》えにけるかも

作者未詳
巻十―一八四八

かはやぎ(ねこやなぎ)　飛鳥

花のいのちを捉える入江作品

そもそも入江さんが助手以外の者と同道して仕事をされることは、よくあったのか珍しかったのか。ふつうなら仕事に邪魔が入らないほうがいいにきまっている。ところが私は、どういうわけか、一度入江さんの撮影に立ち合ったことがある。どんないきさつでそうなったのか、いつ、どこでだったのかも、はっきりしない。いや、もう、こう朦朧《もうろう》としてしまうと、かえってなつかしいその一こまだけが夢のように存在していて、思い出はむしろ尊い。その日、入江さんは一人の助手さんをともなって、あちこちを歩き、風景を見、素人はいささか単調さにあきてしまうほどの長い時間ののちに、一つのところに立ち止まった。狙いは風景であった。

そして一言、いった。

「ほな、とろか」

この日一日の同道の中で、いま覚えている入江さんのことばは、これだけである。あまりにも長い無言の中で発せられたことばだっただけに、この一言は強烈に耳朶《じだ》をうち、いまになお余響をひびかせつづけているのだろう。すぐれた写真家には、被写体と出合うことの厳粛さのようなものが、必要なのだ。

相撲の仕切り直しのごときものも、あるのかもしれない。

私は、別の親しい写真家の撮影について廻ったことが、ある。そのときは池に石を投げこんで、波紋をたてる役目を助手がわりにした。

しかし入江さんには、そんなことは想像さえできない。

多くの場合を知らないのだが、私は入江さんの作品は、きわめて深く長い沈黙の中からうまれているのではないかと、勝手に考えている。

しかし一方、入江さんとは座談会をさせてもらったことがあり、そのときの入江さんは熱心な語り手であった。

こちらの記憶ははっきりしている。『月刊奈良』一九九一年一月の新春座談会だった。折口信夫《おりぐちしのぶ》門下の栢木《かやき》喜一さんほかの方もまじえた五人の座談会である。

そこで入江さんは「詩は歴史より真実である」ということばをあげた。考古学的な遺物は大切にされるのに、万葉の歌などは第一資料とはされない、という方向に話が進んだときのことであった。私が、万葉の中には意外な真実があって、考古学に匹敵するような古代の復元もできる、と発言したことを、入江さんがうけてくれたのである。

私はかねて、写真と詩が同じ方法による芸術だ、という持論をもっている。とくに日本の伝統詩、俳句はその最たるもので、方法とは「発見」のことだと考えていて、かつて写真家の田沼武能《たぬまたけよし》さんに語ったこともあった。

入江さんは同じことを考えておられたのではないか。座談会の折りは伺いそびれたし、もういまは伺うすべがない。

実は、この座談会で入江さんがいちばん学者めいた発言をされたのでびっくりしたが、びっくりした二つ目の発言は、たしか賀茂真淵《かものまぶち》の発言だと思うが、と、されて「いにしえの世の人の歌は真心なり、のちの世の人の歌はしわざなり」ということばを引用されたことだった。だから万葉の歌の真心を評価したい、というのである。

技巧を排除しようという入江さんの写真道のあらわれとも受け取っていいだろう。しかも、この真心が人の心を動かすといい、万葉の花を撮るときの喜びへと話を移されている。

まさにこの書物の基底を流れる心が語られたといってもいいだろう。

真淵にしても、彼を師とした本居宣長《もとおりのりなが》にしても、人間の心、情なるものをかれらは大いに尊重した。そこが儒教者と正反対のところで、古代に味到することは、豊かな人間性にふれることを意味する。

入江さんの発言によって、私は別の真淵の発言を思い出した。真淵は古典を勉強するとき、まず古代からやりなさいという。なぜなら、高い山の上に登ると全体がわかる。反対に裾野にいたのでは何もわからない。それと同じだというのである。これも根源の大切さを示すことばだろう。川の流れも支流ばかり見るより、大もとの源流から本流を見なければいけない。

入江さんが、あの美しい白髪を揺らめかしながら語ったのは、万葉の根源のいのちのことだった。

この座談会で、われわれは熱心に、奈良における「万葉研究センター」の設置を提唱した。そのときからちょうど一〇年後の二〇〇一年九月に奈良県立万葉文化館が明日香にオープンした。入江さんもこの文化館の設置に大きな一役をかったのである。

もちろん私が入江さんの撮影のお供をしたり、座談会をともにしたりしたことだけが、私の入江さんとのおつきあいではない。

入江さんの大著（どれも大著だが）『花大和』（保育社・一九七六年）には「万葉の花・大和の花」という文章を書いたから、所収の写真は何度も見たし、そのほかの作品も、かぎりなく目にしてきた。

いまも書庫から『古色大和路』(保育社・一九七〇年)と『花大和』の二冊を机辺に運んできたばかりだ。何と重かったことか。

今回、この書物におさめた写真も、これらの作品集から選ばれたものだから、中にはなつかしいものもあるし、以前すばらしい! と感動した写真もある。

たとえば「しだれやなぎ」(61ページ)は『花大和』で見て、感おくあたわず、といったところだった。

そこでつくづくと思うことは、いったい入江作品がこうも私たちの心を魅《ひ》いてやまないのはなぜだろうということだ。

入江さんは『古色大和路』といい『萬葉大和路』(保育社・一九七四年)『花大和』といい、大和にこだわる。この書物の花にしても、これらは大和に咲いた花だ。

だから花の背景には(あるいは配景として)古寺があり土塀があり、古道がある。古い家屋があり、遺跡があり、厚い信仰を見せる祭りがある。あるいはまた、まだそれほど人工の手が加えられていない山野がある。

要するにこれらは、われわれに「時間」を喚起させるものだ。湛えられている長い時間。歴史とよばれる、流れてやまない時間。

入江さんの花の作品は、まずはこの「時間」と組み合わされた花だと考えられる。それでこそ入江さんは、よく花の短いいのちを口にされる。たとえば『花大和』の「あとがき」でも「〝花の命は短くて〟その短い美のいのちを捉えられなかったものも多い」というのであろうか。

写真家として、しおれてしまった花を撮るまいとすれば、当然のことだろうが、裏返していえば、いのちの絶頂のものしか、被写体にならないとすれば、先ほどあげた背（配）景との距《へだた》りは、まさに最大のものとなる。うつろいゆく「時間」と組み合わせようとする瞬間のいのち。それが入江さんの大和作品の中心のテーマである。

われわれが入江作品に無意識に心魅かれ、その写真の美にみとれてしまうとは、いのちのうつろいを前提としたうえで、一瞬の花のいのちが映像化されてあることが、無意識な心の深奥にひびくことにほかならない。

深遠な哲学的なテーマといっていい、モータル（死）とインモータル（不死）な構図が美しいとは、神さまの一つの戯れかもしれない、と思う。

映像は静止によって時間を永続化するのだから、なおのこと幻惑的であろう。しかし、それが謙虚で従順な祈りであるところに入江作品の骨頂がある。

収載作品の花と歌の解説

■『万葉集』の読み下し文と現代語訳は、中西進『万葉集 全訳注 原文付』（全四冊・講談社文庫・一九七八〜八三年）によった。
■読み下し分は新字体、旧かなづかいを用いた。植物名の見出しは旧かなづかい、その他はすべて新かなづかいを用いた。
■歌のうしろに付したP12は、その歌の掲載ページをさす。

すみれ

菫（スミレ科） 各地に約五〇種のスミレが自生する日本は、世界でもまれなスミレ類の王国。春から初夏にかけて日当たりのよいところに咲く。『万葉集』中にスミレ二首、ツボスミレ二首。

山吹の　咲きたる野辺の　つぼすみれ　この春の雨に　盛りなりけり
高田女王　巻八—一四四四　P12

山吹の咲いている野辺のつぼすみれはこの春雨に濡れて花盛りになったことよ。

春の野に　すみれ摘《つ》みにと　来《こ》しわれそ　野をなつかしみ　一夜《ひとよ》寝にける
山部赤人　巻八—一四二四　P49

春の野にすみれを摘もうとしてきた私は、野があまりにもなつかしいので、一夜寝てしまったことだ。

わらび

蕨（ウラボシ科） 日当たりのよい山野に生えるシダ植物。こぶし状に丸まった若葉は、古くから食用とされた。これを早蕨（さわらび）と呼ぶ。根茎から採れるデンプンは餅や糊の材料。

石《いは》ばしる　垂水《たるみ》の上の　さ蕨《わらび》の　萌《も》え出づる春に　なりにけるかも
志貴皇子　巻八—一四一八　P14

岩の上をほとばしる滝のほとりのさ蕨が萌え出る春に、ああなったことだ。

あしび

馬酔木（ツツジ科） 「あせび」とも呼ぶ。常緑の低木。白い壺形の花が三〜四月に咲く。東北地方から九州まで分布し、奈良公園の「ささやきの小径」の群落はとくに有名。集中に一〇首。

わが背子《せこ》に　わが恋ふらくは　奥山の　馬酔木《あしび》の花の　今盛りなり
作者未詳　巻十—一九〇三　P23

あの方に私の恋う思いのさまは、奥山の馬酔木の花が、人知れず今こんなに盛りであるようだ。

うめ

梅(バラ科)　七世紀後半に中国から渡来し、広く栽培された。早春を代表する花で、二〜三月に香り豊かに咲く。中国文化を好む貴族たちに愛され、萩についで多く、集中に一一九首。

春されば　まづ咲く宿の　梅の花　独り見つつや　春日《はるひ》暮《くら》さむ
山上憶良　巻五―八一八　P25

春になると最初に咲くわが家の梅花、私一人で見つつ一日を過ごすことなど、どうしてしようか。

梅の花　今盛りなり　百鳥《ももどり》の　声の恋《こほ》しき　春来たるらし
田氏肥人　巻五―八三四　P29

梅の花は今を盛りに咲く。鳥々の声も恋しい春が、やってきているらしい。

もも

桃(バラ科)　古代に中国から渡来、桃を邪気を払う「仙木」とする思想や若い女性にたとえることも伝わった。三〜四月に咲き、実は食用とされるほか、種子は薬用にする。集中に六首。

春の苑《その》　紅《くれなゐ》にほふ　桃の花　下照《したで》る道に　出で立つ少女《をとめ》
大伴家持　巻十九―四一三九　P30

春の苑に紅が照りはえる。桃の花の輝く下の道に、立ち現れる少女。

つぎね

いまのヒトリシズカ(センリョウ科)とされる。山野の木陰に生え、四〜五月、一本の花穂(かすい)に白い花を点々とつける。二〜五本の花穂を伸ばし、初夏に咲くフタリシズカの説も。

つぎねふ　山城道《やましろぢ》を　他夫《ひとづま》の　馬より行くに　己夫《おのづま》し　歩《かち》より行けば　見るごとに　哭《ね》のみし
泣かゆ　そこ思《も》ふに　心し痛し　たらちねの　母が形見と　わが持てる　真澄鏡《まそみかがみ》に　蜻蛉領巾《あきづひれ》
負《お》ひ並《な》め持ちて　馬買へわが背《せ》
作者未詳　巻十三―三三一四　P33

つぎねの生える山城道を、他の夫が馬で行くのに、わが夫は歩いて行くので、見るたびにひどく涙が流れる。それを思うと心が痛い。たらちねの母の形見として私の持っている真澄鏡にとんぼの羽根のように薄く長い布をそえて、ともに背負って市へもっていって、馬を買えよ、わが夫よ。

さくら

桜（バラ科）　サクラ属の落葉高木の総称。万葉時代から日本人にもっとも親しまれた花。若葉が出ると同時に咲くヤマザクラは野生サクラの代表。吉野山は古くからの名所。集中に四〇首以上。

あしひきの　山桜花　日並《けなら》べて　かく咲きたらば　いと恋ひめやも
山部赤人　巻八―一四二五　P35

あしひきの山の桜が何日も、このように咲くのなら、どうしてひどく待ちこがれよう。

春日《かすが》なる　三笠の山に　月も出《い》でぬかも　佐紀山《さきやま》に　咲ける桜の　花の見ゆべく
作者未詳　巻十―一八八七　P38

春日の三笠の山に月も出てほしいよ。佐紀山に咲いている桜の花が夜でも見えるように。

桜花　今そ盛りと　人は云へど　われはさぶしも　君としあらねば
大伴池主　巻十八―四〇七四　P41

桜は今こそ花盛りだと人はいいますが、私は寂しい。あなたといっしょではないので。

やまぶき

山吹（バラ科）　山野の林の縁、とくに渓流沿いに見られる落葉低木。四～五月、しなやかに垂れた枝に黄金色の花が咲く。五枚の花弁の一重咲きと、八重咲きのものがある。集中に一七首。

山振《やまぶき》の　立ち儀《よそ》ひたる　山清水《やましみづ》　酌《く》みに行かめど　道の知らなく
高市皇子　巻二―一五八　P52

山吹の花が美しく飾っている山の泉を酌みに行ってよみがえらせたいと思うのだが、道を知らぬことよ。

ねつこぐさ

いまのオキナグサ(キンポウゲ科)とされる。山間の明るい草原に生え、全体が白い毛でおおわれる。四〜五月に鐘形の花をつけるが、暗赤色の花弁のように見えるのは、がく片である。

芝付《しばつき》の　御宇良崎《みうらさき》なる　ねつこ草　あひ見ずあらば　吾《あれ》恋ひめやも

東歌　巻十四―三五〇八　P56

芝付の御宇良崎に群生する翁《おきな》草が根つくように寝た。もし寝ることもなかったら、こんなに恋しくはないものを。

かたかご

堅香子は片栗(カタクリ。ユリ科)の古名。関東から北部の山地に多く、群落をなす。三〜五月に赤紫色の花が咲き、地下茎からデンプンを採る。集中に大伴家持が越中でよんだ一首のみ。

物部《もののふ》の　八十少女《やそをとめ》らが　汲《く》みまがふ　寺井の上の　堅香子《かたかご》の花

大伴家持　巻十九―四一四三　P58

物部の多くの少女たちが入り乱れて水を汲む、その寺井のほとりの堅香子の花よ。

やなぎ

水辺に生える柳(ヤナギ科)類の総称。一般的には枝の垂れるシダレヤナギを指す。古くに中国から渡来し、街路樹としても植えられた。三〜四月に花芽が銀白色に輝く。集中に三六首。

春の日に　張れる柳を　取り持ちて　見れば都の　大路《おほぢ》思ほゆ

大伴家持　巻十九―四一四二　P61

春日にふくらんだ柳を折りとって見ると、都の大路がしのばれるよ。

うのはな

卯の花は空木(ウツギ。ユキノシタ科)のこと。卯月(旧暦四月)に咲くことから、また、材の芯が中空になっていることからの名称。集中に二四首、ほととぎすとともによまれることが多い。

霍公鳥《ほととぎす》　来《き》鳴き響《とよ》もす　卯《う》の花《はな》の　共にや来《こ》しと　問はましものを

石上堅魚　巻八―一四七二　P62

霍公鳥《ほととぎす》に卯の花の開花とともに訪れたのか聞きたいが、今はそのすべもない。

はねず

唐棣は美しい淡紅色をさし、いまのニワウメ(バラ科)とされる。中国原産の落葉低木で、四〜五月に花が咲く。『万葉集』に四首みえる。ほかにモクレン、フヨウ、ザクロなどの説もある。

夏まけて　咲きたる唐棣《はねず》　ひさかたの　雨うち降れば　うつろひなむか

大伴家持　巻八—一四八五　P69

夏を待ちうけて咲いた唐棣だのに、こう久方の雨が降ると、色あせてしまうだろうか。

たちばな

橘(ミカン科)『万葉集』によまれるのは、古代のミカン類の総称。初夏に白い五弁の花が咲き、芳香がある。冬に実をつけることから常世の国から伝来したとされる。集中に六九首。

橘《たちばな》の　花散る里の　霍公鳥《ほととぎす》　片恋しつつ　鳴く日しぞ多き

大伴旅人　巻八—一四七三　P70

橘の花が散ってしまった里で鳴く霍公鳥は、花をしのんで片恋をしつつ鳴く日こそ多いことだ。

あふち

楝は栴檀(センダン。センダン科)の古名。四国や九州の海辺や山地に生える落葉高木。五〜六月に、薄紫の小さな五弁の花が葉陰に涼しげに咲く。実は薬用に、樹皮は駆虫薬にする。

妹《いも》が見し　楝《あふち》の花は　散りぬべし　わが泣く涙　いまだ干《ひ》なくに

山上憶良　巻五—七九八　P71

妻の見た栴檀《せんだん》の木は落花のけはいを見せる。悲しみのわが涙も乾かないのに。

ふぢ

藤(マメ科)　山野の林の縁や荒地に多いツル性の植物。四月下旬〜五月に薄紫色の花房を垂れる。藤原氏の氏神、春日大社の境内には藤が多い。万葉びとに愛され、二六首よまれている。

藤波《ふぢなみ》の　花は盛りに　なりにけり　平城《なら》の京《みやこ》を　思ほすや君

大伴四綱　巻三—三三〇　P72

藤の花が波うって盛りになったなあ。奈良の都を恋しくお思いでしょうか、あなた。

かきつはた

杜若《かきつはた》、燕子花（アヤメ科）　池や沼のほとりなどの水湿地に群生する多年草。五〜六月に青紫の大型の花が咲く。花が華やかなため、美人の形容に用いられた。花は染料にする。

杜若《かきつはた》　衣《きぬ》に摺《す》りつけ　大夫《ますらを》の　着襲《きそ》ひ狩《かり》する　月は来にけり

大伴家持　巻十七―三九二一　P76

杜若を衣に摺り染めにして、大夫たちが着飾って狩りをする月が、やってきたことだ。

あぢさゐ

紫陽花（アジサイ。ユキノシタ科）　湿った林や沢近くに生える落葉低木。日本原産の植物で、万葉の時代から栽培されていた。初夏、淡青色から青紅色に変わる小花（がく片）をつける。

紫陽花《あぢさゐ》の　八重咲く如く　やつ代《よ》にを　いませわが背子《せこ》　見つつ思《しの》はむ

橘諸兄　巻二十―四四四八　P81

紫陽花が八重に咲くように、いよいよ長い年月を生きてくださいよ、あなた。紫陽花を見ながらあなたをお慕いしましょう。

くり

栗（ブナ科）　山野に自生する落葉高木。五〜六月に黄白色の雄花の穂と、基部に雌花をつける。花には独特の臭いがある。実は縄文時代から食用とされ、材は家具、いがは染料に用いる。

瓜《うり》食《は》めば　子ども思ほゆ　栗食めば　まして思《しの》はゆ　何処《いづく》より　来《きた》りしものそ　眼交《まなかひ》に　もとな懸《かか》りて　安眠《やすい》し寝《な》さぬ

山上憶良　巻五―八〇二　P82

いったい、子どもとは何者であろう。いかなる因縁によって、子となり親となるのか。瓜を食べても、栗を食べても、ぼんやりと眼前に幻のように子どもの面影がかかって、私は安眠できない。

ねぶ

昼は咲き　夜は恋ひ寝《ぬ》る　合歓木《ねぶ》の花　君のみ見めや　戯奴《わけ》さへに見よ
紀女郎　巻八―一四六一　P85

昼は花ひらき夜は恋いつつ寝る合歓木の花を、あるじだけ見ていてよいだろうか。お前も見なさい。

合歓木はネムノキ(マメ科)。日当たりのよい山野に生える落葉高木。六〜七月に花が咲き、淡紅色の糸状の雄しべが飛び出して傘状になる。夜になると、葉を閉じることからの呼称。

かほばな

高円《たかまと》の　野辺《のへ》の容花《かほばな》　面影に　見えつつ妹《いも》は　忘れかねつも
大伴家持　巻八―一六三〇　P86

高円の野辺の容花のように、面影にばかり見えて、あなたは忘れることができないよ。

貌花、容花は、ヒルガオ(ヒルガオ科)とされる。ヒルガオは野原や農道などに生え、六〜八月の日中に、ろうと状のピンクの花を咲かす。ほかにカキツバタ、ムクゲ、アサガオ説もある。

ひめゆり

夏の野の　繁みに咲ける　姫百合の　知らえぬ恋は　苦しきものそ
大伴坂上郎女　巻八―一五〇〇　P88

夏草の生い繁る野の底深く姫百合が咲いている。人目につかない姫百合のような恋は苦しいものだ。

姫百合(ユリ科)　日当たりのよい山地に自生する。高さはほかのユリに対して、その名のように小さく、五〇センチほど。夏に朱赤の花を数個、上向きにつける。集中に一首のみ。

ゆり

道の辺《へ》の　草深百合《くさふかゆり》の　花咲《ゑみ》に　咲《ゑ》まひしからに　妻といふべしや
古歌集　巻七―一二五七　P89

道のべの草深く咲く百合の花のように私が笑ったからといって、もう私を妻と呼ぶべきでしょうか。

百合(ユリ科)　ヤマユリ、ササユリをさす。ヤマユリは近畿以北に分布する日本特産の大型ユリ。ササユリは本州中部以西に分布する。ユリをよんだ歌はいずれも恋慕の情をうたったもの。

つきくさ

月草は露草(ツユクサ、ツユクサ科)の古名。道端や草地に生え、夏の朝、青い花が咲く。花の汁で衣を摺り染めにした。色が変わりやすいため、九首中、六首が「移ろう」の意に用いる。

朝露に　咲きすさびたる　鴨頭草《つきくさ》の　日《ひ》くたつなへに　消《け》ぬべく思ほゆ

作者未詳　巻十―二二八一　P91

朝露に勢いよく咲いた鴨頭草が、日の傾くとともに凋《しぼ》みゆくように、わが身も恋に消えうせるごとく思われるよ。

わすれぐさ

藪萱草(ヤブカンゾウ。ユリ科)のこと。道端や人家の周辺に生え、夏に黄赤色の八重咲きの花を数個つける。これを身につけると憂いを忘れるという中国の言い伝えが日本にもたらされた。

わすれ草《くさ》　わが紐《ひも》に付く　香具山《かぐやま》の　故《ふ》りにし里を　忘れむがため

大伴旅人　巻三―三三四　P92

わすれ草をわたしは紐につける。香具山がなつかしい、あの故郷を忘れようとして。

ひし

菱(ヒシ科)　池や湖に一面に生える。葉状三角形の葉が放射状につき、水面に浮かぶ。七～九月に四弁の白い花をつけ、秋にとげのある三センチほどの三角形の実がなり、食用にする。

君がため　浮沼《うきぬ》の池の　菱《ひし》つむと　わが染めし袖　濡れにけるかも

柿本人麻呂歌集　巻七―一二四九　P94

いとしい方のために浮沼の池の菱の実をつもうとして、私の色染めにした袖は濡れてしまったことよ。

うまら

茨はトゲのある植物の総称であり、また野茨(ノイバラ。バラ科)の異名。ノイバラは山野に生える落葉低木。ツル性で、鋭いトゲをもつ。五～六月に白い花が咲き、秋に赤い実がなる。

道の辺《へ》の　茨《うまら》の末《うれ》に　這《は》ほ豆の　からまる君を　別《はか》れか行かむ

丈部鳥　巻二十―四三五二　P95

道のほとりのイバラの先に、這い伸びる豆のつるがからまるようなあなたを、あとに置いて私は行くのか。

ちさ

知左はエゴノキ(エゴノキ科)のこと。全国の山野に自生する落葉高木。五〜六月に白い五弁の可愛らしい花が密に咲く。楕円形の実は鳥のえさにする。材は柱、鎌の柄などに用いられる。

大汝《おほなむち》　少彦名《すくなひこな》の　神代《かみよ》より　言ひ継ぎけらく　父母を　見れば尊く　妻子《めこ》見れば　愛《かな》しくめぐし
うつせみの　世の理《ことわり》と　かく様《さま》に　言ひけるものを　世の人の　立つる言立《ことだて》　ちさの花
咲ける盛りに　はしきよし　その妻の児《こ》と　朝夕《あさよひ》に　笑《ゑ》みみ笑まずも　うち嘆き　語りけまくは
永久《とこしへ》に　かくしもあらめや　天地《あめつち》の　神言《こと》寄せて　春花の　盛りもあらむと　待たしけむ
時の盛りそ　離れ居て　嘆かす妹《いも》が　何時《いつ》しかも　使の来《こ》むと　待たすらむ　心さぶしく
南風《みなみ》吹き　雪消《け》まさりて　射水川《いみづがは》　流る水沫《みなわ》の　寄辺《よるへ》なみ　左夫流《さぶる》その児に　紐の緒の
いつがり合ひて　鳰鳥《にほどり》の　二人ならびゐ　奈吾《なご》の海の　沖を深めて　さどはせる
君が心の　術《すべ》も術なさ

大伴家持　巻十八—四一〇六　P96

大汝の神や少彦名のおられた神代以来言い伝えてきたことには、「父母を見ると尊く、妻子を見るとかわいくいとしい。それが現世の理くつである」と。そう言い伝えてきたものを。世間の人がしばしば口にする誓いだが、ちさの花のまっ盛りのようにいとしい妻と、朝夕によろこびや悲しみを分かちつつ、嘆息して次のように語る。「いつまでもこう貧しくはいまい。天地の神々のお力で、春の花のように栄える時もこよう」と。そういいつつあなたが待っていた花盛りが、いまではないか。遠く離れて都で待ちわびておられたあなたの妻は、使いがくるのも遅いと、待っておられるだろう。妻の気持を寂しくさせては、春の南風が吹くにつれて雪解け水をます射水川に流れる水沫のように私は寄るべなく寂しい。その左夫流児と、あなたは紐の緒のように親しみ合い、鳰鳥のように二人つれ立ち、奈呉の海の沖が深いように心深く迷ってしまっておられる。その気持がせん術もないことよ。

むらさき

紫、紫草(ムラサキ科)は乾燥した草原に生える多年草。六～七月に八ミリほどの白い花をつける。根から高貴な色とされる紫色の染料が採れるので、早くから栽培された。集中に一七首。

あかねさす　紫野《むらさきの》行き　標野《しめの》行き　野守《のもり》は見ずや　君が袖振る

額田王　巻一―二〇　P98

あかね色をおびる、あの紫の草の野を行き、その御料地の野を行きながら――野の番人は見ていないでしょうが。あなたは袖をお振りになることよ。

はちす

蓮はハス(スイレン科)の古名。古代インドから中国を経て渡来した説と、自生説がある。池や水田で広く栽培される。夏の朝、花が咲き、夕方に閉じる。仏教で重んじられた花。

御佩《みはかし》を　剣《つるぎ》の池の　蓮葉《はちすは》に　渟《たま》れる水の　行方無《ゆくへな》み　わがする時に　逢ふべしと　逢ひたる君を　な寝《いね》そと　母聞《きこ》せども　わが情《こころ》　清隅の池の　池の底　われは忍びず　ただに逢ふまでに

作者未詳　巻十三―三二八九　P107

御佩よ、剣の池の蓮の葉に溜っている水のように、行方も知らずあなたを思っているときに、逢おうといって逢ったあなただのに、寝てはいけないとお母さんはおっしゃるけれども、私の心は清くすんで、清隅の池の底のようには、じっと堪えられそうもない。直接お逢いするまでは。

蓮葉《はちすば》は　かくこそあるもの　意吉麿《おきまろ》が　家なるものは　芋《うも》の葉にあらし

長意吉麿　巻十六―三八二六　P108

蓮の葉とはこのようにこそあるもの。意吉麿の家にある蓮の葉は芋の葉のようです。

いちし

壱師は彼岸花、曼珠沙華(ヒガンバナ、マンジュシャゲ。ヒガンバナ科)とされる。土手や田の畦に生え、秋の彼岸ごろに真紅の花が咲く。ほかにイタドリ、ギシギシ、クサイチゴなどの説がある。

路の辺《へ》の　壱師《いちし》の花の　いちしろく　人皆知りぬ　我が恋妻《こひづま》を

作者未詳　巻十一―二四八〇　P130

路のほとりの壱師の花のようにはっきりと人はみんな知ってしまった。私の恋しい妻を。

はぎ

萩(マメ科)　初秋の山野に咲きこぼれ、目を楽しませる赤紫色の花。『万葉集』にもっとも多く登場し、一四二首もある。高円山(たかまどやま)をはじめ、奈良県北部に多く分布する。

指進《さしずみ》の　栗栖《くるす》の小野《をの》の　萩が花　散らむ時にし　行きて手向《たむ》けむ

大伴旅人　巻六―九七〇　P136

指進の来栖の小野に萩の花が散るだろうころには、故郷に行って神祭りをしよう。

高円《たかまと》の　野辺《のへ》の秋萩　いたづらに　咲きか散るらむ　見る人無しに

笠金村歌集　巻二―二三一　P143

高円山の野のほとりの秋萩は、空しく咲いて散っているだろうか、見るべき人のなくなったあとも。

をばな

尾花は薄(ススキ。イネ科)の別名。秋の風になびくさまが愛され、集中に四七首よまれる。ススキの穂の出る様子が恋心をあらわすたとえに用いられることが多い。屋根を葺く素材になる。

人皆《ひとみな》は　萩を秋といふ　縦《よ》しわれは　尾花《をばな》が末《うれ》を　秋とは言はむ

作者未詳　巻十―二一一〇　P148

人は皆、萩のよさを秋だという。たとえそうでも、私は尾花の穂先のよさをこそ、秋といおう。

くず

真葛原《まくず》　なびく秋風　吹くごとに　阿太《あだ》の大野に　萩の花散る

作者未詳　巻十―二〇九六　P153

葛の裏葉をひるがえして秋風が吹くたびに、阿太の大野の萩の花が散るよ。

葛(マメ科)　山野に生える大型のつる植物。夏から秋にかけて、葉隠れに紫色の花をつけ、甘い香りを漂わせる。地下茎から葛粉を採り、茎から葛布がつくられる。集中に二〇首。

なでしこ

秋さらば　見つつ思《しの》へと　妹《いも》が植ゑし　屋前《やど》の石竹《なでしこ》　咲きにけるかも

大伴家持　巻三―四六四　P154

秋になったらいつも花を見て美しさをほめてくださいといって妻の植えたなでしこは、いまわが家に咲いているよ。

撫子、石竹は、河原撫子(ナデシコ科)のこと。日当たりのよい山野に自生し、盛夏から秋にかけて愛らしいピンクの花を咲かせる。優雅なさまが万葉びとに愛され、集中に二六首よまれる。

をみなへし

手に取れば　袖さへにほふ　女郎花《をみなへし》　この白露に　散らまく惜《を》しも

作者未詳　巻十―二一一五　P159

手にとると袖までも彩られてしまう女郎花が、この白露によって散っていくことが惜しまれるよ。

女郎花(オミナエシ科)　日当たりのよい山野に自生し、夏の終わりから秋にかけて黄色の粟粒のような細かな花をつける。娘、姫、美人などの文字を含んで表記され、一四首よまれている。

ふぢばかま

萩の花　尾花《をばな》葛花《くずばな》　瞿麦《なでしこ》の花　女郎花《をみなへし》　また藤袴《ふぢばかま》　朝貌《あさがほ》の花

山上憶良　巻八―一五三八　P160

萩の花、薄、葛の花、瞿麦、女郎花、藤袴、朝貌の花。

藤袴(キク科)　川べりに生える多年草であるが、現在では野生のものは少ない。夏の終わりから初秋に薄い赤紫色の花をつける。乾燥すると芳香を放つ。集中には秋の七草を示す一首のみ。

あさがほ

朝顔は　朝露負《お》ひて　咲くといへど　夕影《ゆふかげ》にこそ　咲きまさりけれ

巻十―二一〇四　P162

朝顔の花は朝露にぬれて咲くというけれど、夕方の光の中にこそ、いっそう美しく咲くことだった。

いまでいう朝顔は万葉の時代には渡来していず、キキョウ(キキョウ科)説が有力。日当たりのよい草原で、盛夏から初秋にかけて星形の青紫の花をつける。ムクゲ、ヒルガオ説もある。

からあゐ

わが屋戸《やど》に　韓藍《からあゐ》蒔き生《おほ》し　枯れぬれど　懲《こ》りずてまたも　蒔かむとそ思ふ

山部赤人　巻三―三八四　P163

私の家に鶏頭の花を蒔いて育て、枯れてしまったけれども、また蒔こうと思う。

韓藍は、鶏頭(ケイトウ。ヒユ科)のこと。熱帯アジア原産で中国を経て渡来した観賞用の植物。秋口にニワトリのとさか状の濃い赤の花をつける。集中によまれる四首はいずれも恋の歌。

さなかづら

あしひきの　山さな葛《かづら》　もみつまで　妹《いも》に逢はずや　わが恋ひ居《を》らむ

作者未詳　巻十―二二九六　P166

あしひきの山のさな葛が赤くなるまで、私は妻に逢わずに恋うているのだろうか。

実葛、真葛は美男葛(ビナンカズラ。マツブサ科)の別名。つる性の常緑低木。夏に黄白色の小花をつけ、秋に紅葉し、赤い実を多数つける。集中に九首あり、恋の歌にうたわれる。

まゆみ

南淵《みなぶち》の　細川山に　立つ檀《まゆみ》　弓束《ゆづかま》纏くまで　人に知らえじ

作者不詳　巻七―一三三〇　P167

南淵の細川山に生える檀を弓にして、束をまくまで人に知られるな

真弓、檀(ニシキギ科)　落葉低木。花期は五〜六月。北海道から九州までほぼ全国に分布する。古代では弓や紙の材料に用いた。弓の美称、真弓がその名ともいう。奈良市の真弓寺周辺に多い。

おもひぐさ

思い草はナンバンキセル(ハマウツボ科)とされる。一年草の寄生植物。夏から秋に咲く紅紫色の花がキセルに似ている。ほかにリンドウ、ツユクサ、サクラ、ナデシコなど多数の説がある。

道の辺《へ》の　尾花《をばな》が下の　思ひ草　今さらさらに　何をか思はむ

作者未詳　巻十―二二七〇　P168

道のほとりの尾花の下の思い草のように、今さら改めて何を思いましょうか。

もみち

黄葉(モミジ)　秋に紅葉、黄葉する植物の総称。代表的な紅葉樹はカエデ科の樹木、黄葉樹はイチョウ。色づき、やがて散るモミジは、別れの歌によまれることが多い。

めづらしと　わが思《も》ふ君は　秋山の　初黄葉《はつもみちば》に　似てこそありけれ

長忌寸娘　巻八―一五八四　P171

なつかしく存じあげるあなたは、秋山の初黄葉にそっくりでいらっしゃいますね。

たちばな

(花の解説はP208参照)

橘《たちばな》は　実さへ花さへ　その葉さへ　枝《え》に霜降れど　いや常葉《とこは》の樹《き》

聖武天皇　巻六―一〇〇九　P172

橘は実までも花までも輝き、その葉まで枝に霜が降りてもますます常緑である樹よ。

やまたちばな

いまの藪柑子(ヤブコウジ科)とされる。常緑樹の下に二〇センチほどの丈で、這うように群生する。七～八月に花をつける。集中、花の歌はないが、秋から冬に熟す真赤な実がよまれる。

この雪の　消《け》残る時に　いざ行かな　山橘《やまたちばな》の　実の照るも見む

大伴家持　巻十九―四二二六　P178

この雪がまだらに残る時に、さあ行こうではないか。山橘の実が輝くのも見よう。

あふひ

梨《なし》棗《なつめ》　黍《きみ》に粟《あは》嗣《つ》ぎ　延《は》ふ田葛《くず》の　後《のち》も逢はむと　葵《あふひ》花咲く

作者未詳　巻十六―三八三四　P180

梨、棗、黍に粟がついで実り、つるを伸ばす葛のように、のちにまた逢おうと葵に花が咲くよ。

寒葵(カンアオイ。ウマノスズクサ科)とされる。十～二月に枯葉や土に埋もれるように咲く。花粉はカタツムリやナメクジに運ばれるため、分布速度は千年に一キロほど。フユアオイの説も。

たまばはき

初春の　初子《はつね》の今日の　玉箒《たまばはき》　手に執《と》るからに　ゆらく玉の緒

大伴家持　巻二十―四四九三　P181

新春の初子の今日の玉箒は、手にとるだけで揺れる玉の緒よ。

高野箒(コウヤボウキ。キク科)　日本唯一のキク科の木本植物。一年目は卵形の葉が出て秋に花をつける。二年目は被針形の葉がでるが花は咲かない。三年目に株を残して枯れる。

ほよ

あしひきの　山の木末《こぬれ》の　寄生《ほよ》取りて　挿頭《かざ》しつらくは　千年《ちとせ》寿《ほ》くとそ

大伴家持　巻十八―四一三六　P183

あしひきの山の梢(こずえ)の寄生木(やどりぎ)をとって髪に挿すのは、千年の寿を祈ってのことよ。

寄生は寄生木、宿り木(ヤドリギ。ヤドリギ科)の古名。ケヤキなどの梢に寄生し、球形に繁茂する常緑樹。二～三月に黄緑色の花が咲く。祝祭時に挿頭(かざし)として用いた。集中に一首のみ。

つばき

椿(ツバキ科) 種類は多いが、集中に歌われるのは赤い五弁のヤブツバキ。暖かい地方の海岸付近や山地に群生し、花期は二～四月。古代では灰が紫染めに利用された。集中に九首。

巨勢山《こせやま》の つらつら椿 つらつらに 見つつ思《しの》はな 巨勢の春野を

坂門人足 巻一―五四 P188

巨勢山のつらつら椿を、その名のごとくつらつらと見ては賞美したいものだ。巨勢の春の野を。

あしひきの 八峰《やつを》の椿 つらつらに 見とも飽《あ》かめや 植ゑてける君

大伴家持 巻二十―四四八一 P191

あしひきの幾重もの山奥に咲くはずの椿だから、椿はつらつらといくら見ても飽きない。そのように見飽きない、これを植えたあなたは。

わが門《かど》の 片山椿 まこと汝《なれ》 わが手触れなな 土に落ちもかも

物部広足 巻二十―四四一八 P194

わが家の門の片山椿よ、本当にお前はわが手が触れないのに、土に落ちるのだろうかなあ

かはやぎ

河楊は、かわやなぎの歌語で、ネコヤナギ(ヤナギ科)のこと。川沿いの水湿地に生える落葉低木。早春に、柔らかな銀白色の柔毛で覆われた花芽が出て、春の到来を告げる。集中に四首。

山の際《ま》に 雪は降りつつ しかすがに この河楊《かはやぎ》は 萌《も》えにけるかも

作者未詳 巻十―一八四八 P197

山のあたりに雪は降りつづけ、しかし一方、この河楊は萌え出したことよ。

参考文献

『花大和』入江泰吉写真集(保育社・一九七六年)／『万葉の花を訪ねて』入江泰吉写真集(求龍堂・一九八二年)
『大和路と万葉の花』入江泰吉写真集(「太陽」臨時増刊・一九八五年)
『フィールドガイド 日本の野草』(全三冊・小学館・一九九〇年)
『花の万葉秀歌』(山と渓谷社・一九九五年)
『万葉植物事典「万葉植物を読む」』(北隆館・一九九五年)

万葉花さんぽ地図
京都
近鉄京都線
木津川
JR関西本線
関町
名張川
JR奈良線
きづ
水上池
平城宮跡
秋篠寺
浄瑠璃寺
東大寺
きんてつなら
春日大社
ささやきの小径
田原
高円山
春日山
なら
大阪
近鉄奈良線
近鉄生駒線
唐招提寺
法華寺
興福寺
白毫寺
薬師寺
竜田川
斑鳩
法起寺
JR関西本線
円照寺
弘仁寺
法隆寺
奈良県
近鉄天理線
てんり
石上神宮
都介野岳
名張
ほうりゅうじ
近鉄橿原線
JR桜井線
山の辺の道
崇神天皇陵
むろうぐちおおの
大野寺
穴師
宇陀川
古市
近鉄大阪線
飛鳥川
檜原神社
吉隠
長谷寺
室生
室生寺
二上山
耳成山
三輪山
はせでら
近鉄大阪線
たかだ
当麻寺
たいまでら
伊那佐山
仏隆寺
天香久山
さくらい
聖林寺
近鉄御所線
畝傍山
橿原神宮
飛鳥
八釣
音羽山
経ヶ塚山
宇太水分神社
剣池
甘樫丘
石舞台古墳
葛城古道
ごせ
真弓ヶ丘
談山神社
葛城山
竜門岳
巨勢
近鉄吉野線
JR和歌山線
壷阪寺
津風呂湖
吉野川
吉野神宮
吉野
よしの
宮滝
吉野川
金峯山寺
橋本
栄山寺
吉野山
金峯神社
0
5km

以下の文は中西進の書き下ろし。
はじめに
花のいのちを捉える入江作品

その他のエッセイの出典は次の通り。（一部は抜粋）

●中西進
『花大和』入江泰吉写真集（保育社・一九七六年）
『万葉の花』（保育社カラーブックス・一九七七年）
『大和路・万葉の四季』入江泰吉写真集（東京書籍・一九七九年）
『万葉の花を訪ねて』入江泰吉写真集（求龍堂・一九八三年）
『万葉百景 上』（平凡社・一九八六年）
『万葉の歌 人と風土2 奈良』（保育社・一九八六年）
『古代うた紀行』（角川選書・一九八九年）
『花の万葉秀歌』（山と溪谷社・一九九五年）
『万葉時代の日本人』（潮出版社・一九九八年）
「マミール」（一九八三年一〇月）
「植物と自然」（一九八五年七月）

●入江泰吉
『萬葉大和路』入江泰吉写真集（保育社・一九七四年）
『万葉の花を訪ねて』入江泰吉写真集（求龍堂・一九八三年）

協力　入江光枝
　　　奈良市写真美術館
ブックデザイン　おおうち おさむ（ナノナノグラフィックス）
地図製作　蓬生雄司
製版　工藤修男（トッパングラフィックアーツ）
編集　市川由美
　　　小西治美
　　　庄野三穂子（小学館）

本書のプロフィール

本書は、入江泰吉の一九五九〜九〇年の作品と、中西進の書き下ろしを含む既発表のエッセイにより構成した文庫オリジナルです。

シンボルマークは、中国古代・殷代の金石文字です。宝物の代わりであった貝を運ぶ職掌を表わしています。当文庫はこれを、右手に「知識」左手に「勇気」を運ぶ者として図案化しました。

「小学館文庫」の文字づかいについて

- 文字表記については、できる限り原文を尊重しました。
- 口語文については、現代仮名づかいに改めました。
- 文語文については、旧仮名づかいを用いました。
- 常用漢字表外の漢字・音訓も用い、難解な漢字には振り仮名を付けました。
- 極端な当て字、代名詞、副詞、接続詞などのうち、原文を損なうおそれが少ないものは、仮名に改めました。

入江泰吉《いりえたいきち》 万葉花《まんようはな》さんぽ

著者　入江泰吉《いりえたいきち》・中西《なかにし》 進《すすむ》

二〇〇三年五月一日　初版第一刷発行

編集人――佐藤正治
発行人――山本　章
発行所――株式会社　小学館
〒一〇一-八〇〇一
東京都千代田区一ツ橋二-三-一
電話　編集〇三-三二三〇-五六一七
　　　制作〇三-三二三〇-五三三三
　　　販売〇三-三二三〇-五七三九
振替　〇〇一八〇-一-二〇〇

小学館文庫

印刷所――凸版印刷株式会社
デザイン――奥村靫正

Printed in Japan　ISBN4-09-411483-1